© Nellio Verlag GmbH, Stuttgart
Alle Rechte vorbehalten
Illustrationen von Fariba Gholizadeh
Satz: dtp-Caspart
Umschlaggestaltung: Nadine Estinghausen
Printed in China
ISBN 978-3-942394-19-2
www.nellio.de

CARLOTTA HÖRZ

ES WIRD WINTER AM VALENTINSPLATZ

Bilder von Fariba Gholizadeh

Nellio Verlag, Stuttgart

Carlotta Hörz
1965 geboren in Stuttgart, hat
Literatur studiert und promoviert.
Unter einem anderen Namen hat sie
schon viele Kinderbücher
geschrieben und veröffentlicht.
Sie lebt mit ihrem Mann und ihren
beiden Kindern in Süddeutschland.

Fariba Gholizadeh
1971 im Iran geboren,
studierte Grafikdesign in
Teheran und Mainz.
1999 kam sie nach
Deutschland.
Sie hat bereits viele
Kinderbücher illustriert.
Sie ist verheiratet und
lebt in Stuttgart.

Inhalt

1. Ich heiße Malin und erzähle euch was

Hallo! Ich bin Malin. Vielleicht kennt ihr mich ja schon? Jedenfalls … ich bin acht und gehe in die dritte Klasse.

Seid ihr bei der Überschrift erschrocken? Ich glaube, ich wäre vielleicht erschrocken. Denn wenn mein Papa sagt: „Dem erzähle ich was!", dann meint er das nicht nett.

Aber ich meine es nett! Hihi!

Ich will euch Geschichten erzählen, die bei uns am Valentinsplatz passieren. Das sind lustige und aufregende, spannende und schöne Geschichten. Aber eigentlich auch ganz normale! Denn wir sind Kinder, wie ihr auch welche seid. (Oder seid ihr nicht normal? Haha, ich glaube schon! Bestimmt seid ihr das!)

Der Valentinsplatz ist in der Stadt, und dort steht das Haus, in dem wir wohnen. Es ist alt, aber ganz hübsch.

Wir, das sind einige Familien mit Kindern, aber auch ein paar Leute ohne Kinder.

Im Erdgeschoss ist ein Schreib-warenladen.

Ich wohne mit meinem Bruder und meinen Eltern im 1. Stock. Die anderen Kinder, die hier wohnen, das sind:

Ida und Sarah, meine Kusinen (ihr Papa Achim ist mein Onkel), Noah, Ben und Fanny (mit Nachnamen heißen sie Ngami), Niklas (er ist noch ganz klein).

Mit meinem Bruder Konny und mir sind wir also 8 Kinder. 8 Kinder in einem Haus! Ihr könnt euch vorstellen, dass da oft ganz schön was los ist.

Die Leute im Haus, die keine Kinder haben, sind:

der Wurstheimer (er wohnt im Keller und repariert manchmal was am Haus),

Oma Kilgus und ihre Tochter Frau Kepler (obwohl sie Mutter und Tochter sind, sind beide schon alt),

ein paar junge Leute (sie sind keine Familie, sondern wohnen einfach so zusammen, das heißt Wohngemeinschaft).

So, nun wisst ihr, wer alles hier wohnt!

Wir haben hinter dem Haus keinen Garten, aber einen Hof. Dort spielen wir oft. In der Nähe, 5 Minuten zu Fuß, gibt es einen Spielplatz und dort ist auch eine Wiese.

Was gibt es noch zu erzählen? Wir haben ein paar Bäume (die haben wir schon mal gerettet, weil sie gefällt werden sollten), einen Supermarkt und andere, ganz normale Sachen, die es in der Stadt so gibt. Vor allem natürlich Autos. Die nerven leider ziemlich, denn es gibt viel zu viele.

Und ich? Ja, ich bin eben acht, hab ich ja schon gesagt. Ich gehe in die dritte Klasse. Mein Bruder Konny findet, ich bin klein. Nur, weil er schon elf ist.

Ich bin aber gar nicht klein. Ich bin groß und eher dünn und kann ziemlich laut schreien. (Das ist manchmal nicht so toll, zum Beispiel, wenn ich wütend werde.)

Ich denke mir gerne Sachen aus. Also zum Beispiel, dass ich in Büchern unsere Geschichten vom Haus am Valentinsplatz aufschreibe. (So ein Buch habt ihr jetzt gerade in der Hand!)

Ich finde es blöd, wenn was ungerecht ist. Aber sonst finde ich nicht so viele Sachen blöd. Und wenn doch was blöd ist, kann man ja mal probieren, was dran zu ändern.

Findet ihr nicht auch?

2. Der Uhren-Frühstück-mitten-in-der-Nacht-Tag

Bei uns am Valentinsplatz ist es Herbst geworden.

Okay, das ist ein bisschen Quatsch, natürlich ist es überall Herbst geworden. Aber ich sehe den Herbst natürlich vor allem hier am Valentinsplatz, wenn ich aus dem Fenster schaue.

Die Blätter der Bäume werden gelb. Sie fallen runter.

Wir Kinder rennen durch die Blätterhaufen und es raschelt wie verrückt. Das macht Spaß. Allerdings ist manchmal Hundekacke drin, dann ist es natürlich blöd.

Manchmal fegt der Wurstheimer die Blätter zusammen und stopft sie in die Biotonne. Manchmal aber auch nicht.

Wenn er es lange nicht mehr gemacht hat, schimpft Frau Kepler (sie schimpft oft), und dann kehrt sie ein bisschen. Aber sie schimpft mehr, als sie kehrt.

In der Schule haben wir schon Blätter gepresst und aufgeklebt. Jedes Jahr dasselbe! Erst im Kindergarten und jetzt in der Schule. Vielleicht machen sie das, die Lehrerinnen, damit auch das letzte Kind merkt, dass jetzt Herbst ist?

Mit Sarah und Fanny habe ich auf dem Spielplatz Kastanien gesammelt. Die sehen so hübsch aus! Aber wenn man sie eine Weile in der Wohnung hat, glänzen sie gar nicht mehr. Und leider verschrumpeln sie auch ziemlich schnell. Aber das macht nichts. Es ist trotzdem schön, sie zu haben!

Auch an den Kastanien merkt man, dass es Herbst ist.

Woran merkt man es noch?

An den dickeren Jacken.

An den Laternen der kleinen Kinder.

An Mamas neuem Strickzeug.

Am Wind.

An den Winterreifen, von denen Papa dauernd redet.

An Achims komischer Mütze.

Am bescheuerten Regenumhang des neuen kleinen Hundes von Frau Munzke. (Ihr gehört der Schreibwarenladen in unserem Haus.)

Man merkt es nicht an den ersten Schoko-Nikoläusen im Supermarkt, denn die stehen schon kurz nach den Sommerferien dort!

Und natürlich merkt man es daran, dass es schon wieder früher dunkel wird. Ich finde das ganz gemütlich, denn dann machen wir manchmal eine Kerze an. Aber doof ist natürlich, dass wir nicht mehr so lange draußen spielen können.

Und jetzt ist es schon so weit, dass es auch morgens dunkel ist, wenn wir aus dem Haus gehen.

Mama sagt dann immer: „Ihr armen kleinen Häschen, jetzt müsst ihr raus in die Dunkelheit!" Wir geben uns dann einen Kuss und ich gehe los.

Mir macht es nicht viel aus, dass es dunkel ist, denn ich gehe ja mit den anderen Kindern zusammen zur Schule, da habe ich keine Angst.

Jedenfalls wird es dunkler und dunkler. Und bald passiert wieder das Komische: Die Uhr wird umgestellt.

Bei uns in der Familie überlegen dann immer alle ganz lange: vor oder zurück? Ist es dann eine Stunde früher oder später? Papa sagt im Sommer immer Sachen wie: „Jetzt ist es eigentlich zehn Uhr, aber Sonnenstand neun Uhr", oder so. Ich kapiere nicht, was er meint.

Aber inzwischen weiß ich jedenfalls ganz genau, dass im Herbst die Uhr eine Stunde zurückgestellt wird. Und nicht etwa zwei. Haha!

Warum ich das weiß? Und warum ich das nie wieder vergessen werde? Das erzähl ich euch.

Also, das Wochenende war da, an dem die Uhren umgestellt werden sollten.

Nach dem Frühstück am Sonntag schaute Konny auf die Uhr und sagte: „Ohaa! Wenn man auf die Uhr guckt, ist es zehn Uhr siebzehn." (Wir frühstücken sonntags immer ziemlich spät.) „Aber in Wirklichkeit ist es ... äh ... es ist ... also ... neun Uhr siebzehn?"

Mama lachte. „Warum nicht neun Uhr zweiundzwanzig?" (Mama ist manchmal ein Scherzkeks. Aber nicht alle ihre Witze sind lustig.)

„Katharina, also echt, das ist doch albern." Papa runzelte die

Stirn. „Es ist immer genau eine Stunde!" (Das weiß Mama natürlich, sie ist ja nicht doof.)

„Aber vor oder zurück?"

Tja, das war wieder die große Frage. Ich wollte schon die Jacke anziehen und um die Ecke zur Kirchturmuhr schauen.

Aber im Radio sagten sie es dann sowieso die ganze Zeit, also wussten wir, dass wir die Uhren eine Stunde zurückstellen mussten. Wir sausten durch die Wohnung und stellten alle Uhren um, die wir finden konnten. Ich durfte die alte Standuhr von unserem Urgroßvater umstellen. Konny stellte die Uhren um, die keine Zeiger, sondern nur Leuchtzahlen haben. Auch Mamas kleine Armbanduhr vergaßen wir nicht.

Alle Uhren waren umgestellt. Und an diesem Tag wurde es sehr früh dunkel! Wir waren

gerade erst fertig geworden mit Kuchenessen (das machen wir sonntags manchmal statt Mittagessen), also war es noch Nachmittag, da mussten wir schon die Lampen anknipsen! „Gruselig", sagte Mama. „Das geht jetzt so bis März."

„Aber vorher kommen noch tolle Sachen! Valentinsherbst! Halloween! Nikolaus! Und Weihnachten!", rief ich. „Und wir können es uns doch gemütlich machen." Ich holte eine Kerze. Und Mama umarmte mich und sagte, wie schön es ist, dass sie so ein fröhliches Mädchen hat.

Wir gingen nach den Kindernachrichten ins Bett, Mama las mir noch was vor, Konny lauschte wie immer hinter der Tür und wir schliefen ein.

Als Papa uns dann für die Schule weckte, war ich unglaublich müde. Meine Augen wollten überhaupt nicht aufgehen. Ich hörte, wie Mama meinen Kleiderschrank aufmachte und mir Kleider raussuchte. Dabei zog sie aus Versehen die Schublade mit den Unterhosen so weit raus, dass sie runterkrachte.

„Aua!", rief sie, weil ihr die Schublade auf den großen Zeh gedonnert ist. „So ein Mist!"

Sie kriegte ihre Augen wohl auch nicht richtig auf und legte mir doch tatsächlich einen Badeanzug hin statt einer Unterhose!

Auf einem Bein hüpfte sie jammernd ins Bad.

Aus Konnys Zimmer war überhaupt noch nichts zu hören.

Nach einer Weile waren wir dann doch alle am Frühstückstisch versammelt. Irgendwie haben wir es geschafft. Ganz verschlafen und ohne was zu sagen saßen wir da. Ich löffelte mein Müsli, obwohl ich überhaupt keinen Hunger hatte.

„Beeil dich!", ermahnte Papa Konny, der mit seinem Marmeladenbrot noch nicht mal angefangen hatte. Das sagt er jeden Morgen, weil Konny morgens alles immer ganz langsam macht.

Und da sah Konny zum ersten Mal auf die Uhr.

Das hätten wir alle mal lieber vorher machen sollen!

„Hää?", machte Konny. „Wieso? Es ist doch erst … Ohaa! Es ist erst zwanzig nach fünf!"

„Waas?", schrie Mama.

Wir schauten von der Uhr in der Küche auf die große alte Standuhr und von dort auf die kleine Tischuhr. Alle Uhren zeigten dieselbe Zeit: Es war zwanzig Minuten nach fünf. Fünf Uhr zwanzig. Also, noch mal in Zahlen: 5 Uhr 20.

Normalerweise frühstücken wir aber immer erst kurz vor halb sieben, das war also eine ganze Stunde früher als sonst!

„Komisch", sagte Papa. „Da habt ihr wohl die Uhren falsch umgestellt."

„Na klar, jetzt waren es wieder wir", nölte Konny.

Mama ging zum Fernseher und schaltete ihn ein. War Mama jetzt verrückt geworden?

„Willst du jetzt etwa fernsehen?", fragte ich verwundert. Aber dann sah ich, dass dort auch die Uhrzeit eingeblendet wurde. Und es stimmte, was unsere Uhren anzeigten: Es war wirklich so früh – inzwischen war es fünf Uhr einundzwanzig. Wir hatten beim Umstellen also alles richtig gemacht.

„Das kann doch nicht wahr sein!", stöhnte Mama und legte zum Spaß ihren Kopf neben den Teller auf den Tisch. „Wer hat denn gestern den Schlafzimmerwecker zurückgestellt?"

„Na, ich!", riefen Papa und ich gleichzeitig.

Oh! Da hatte also erst ich den Wecker zurückgestellt und Papa später auch noch mal!

„Na, vielen Dank!", schrie Konny. „Ich könnte noch gemütlich in meinem Bett liegen!"

„Ach, ist doch nicht so schlimm", sagte Papa. „Ihr wolltet doch schon immer morgens mehr Zeit haben. Wie wäre es, wenn ihr noch ein bisschen lernt?" (Papa ist Lehrer. An solchen Sachen merkt man das!)

Mama sagte gar nichts. Aber sie schaute Papa an, als ob sie ihn mit ihrem Blick vom Stuhl schmeißen wollte.

Dann verschwand sie im Schlafzimmer. Ich schaute ihr hinterher. Sie ging einfach zum Bett, ließ sich reinfallen, kroch unter die Decke, seufzte und machte die Augen zu.

Ich sah Papa an. Und was machte Papa? Er lachte! Eigentlich lacht er gar nicht mal so oft, unser Papa, aber jetzt musste er ganz schrecklich lachen. Sein ganzer Stuhl wackelte schon.

„Hahaha!", japste er. „Wenn ich mir überlege, wie der Wurstheimer vorhin geguckt hat, als ich bei ihm geklingelt habe!"

„Wieso hast du beim Wurstheimer geklingelt?" fragte Konny.

„Na, weil die Mülltonnen noch nicht draußen standen, als ich die Zeitung geholt habe. Das macht er doch sonst immer."

„Klar standen die noch nicht draußen", sagte Konny. „Mitten in der Nacht! Was hat er denn zu dir gesagt?"

„Er ... hahaha ... hat mich gefragt ... hahaha ... ob ich weiß, wie viel Uhr es ist. Er hat ganz schön komisch ausgesehen."

„Und?"

„Hahaha, ich hab gesagt, es ist nie zu früh, die Mülltonnen rauszustellen!" Konny schüttelte den Kopf. „Du kannst froh sein, dass er dir keine gescheuert hat, der Wurstheimer. Wahrscheinlich denkt er, du bist ein bisschen bekloppt."

Papa musste jetzt richtig nach Luft schnappen, so sehr lachte er. Es liefen ihm sogar Tränen übers Gesicht vor lauter Lachen! Ich ging zu Mama ins Schlafzimmer. Es sah so gemütlich aus, wie sie da ins Bett gekuschelt lag, da hab ich mich einfach wieder ausgezogen und bin zu ihr unter die Decke gekrabbelt. Das war herrlich!

Richtig eingeschlafen bin ich nicht mehr, aber das machte nichts. Ich fand es wunderschön. Und dann habe ich gedacht, es hatte tatsächlich was Gutes, dass Papa sich da in der Zeit getäuscht hat. Denn sonst hätte ich nie erlebt, wie toll es sein kann, wenn man nach dem Aufstehen noch mal ein bisschen ins warme Bett zurückdarf.

Vielleicht wollt ihr das ja selber mal ausprobieren?

3. Der Mathe-Samstag-Valentinsherbst-Tag

„Es herbstelt!" Oma Kilgus streckte ihre Nase aus dem Fenster und winkte mir zu.

Ich kam gerade vom Bäcker. Es war Samstag und eigentlich holen wir nur sonntags frische Brötchen und Brezeln. Aber an diesem Samstag war ich früh aufgewacht und ich hatte so Lust auf ein Hörnchen bekommen, das ich in Kakao eintunken wollte. Das finde ich so gemütlich, wenn es kühler wird draußen. Da hab ich Papa geweckt und gefragt, ob ich zum Bäcker gehen darf. Papa wollte mich erst überreden, dass ich noch ins große Bett unter die Decke krieche, aber als ich drunter war, hat er gejault, weil ich so kalt war. Also ist er mit einem Seufzer aufgestanden, hat mir Geld und den Schlüssel gegeben und ich durfte doch zum Bäcker gehen.

„Na, kleines Fräulein?" Oma Kilgus sagt immer „kleines Fräulein" zu mir. Das meint sie nett. „Merkst du, wie es herbstelt?" Sie schaute aus dem Fenster raus.

Na klar merkte ich das! Die Blätter unter unseren Platanen am Valentinsplatz hatten morgens schon mal eine dünne, weiße, gefrorene Schicht gehabt. Und auf den Autos war es genauso. Raureif heißt das.

Aber Oma Kilgus meinte gar nicht den Raureif. Sie zeigte auf den Platz, wo Arbeiter dabei waren, Sachen aufzubauen.

21

Der Valentinsherbst! So heißt das Fest, das hier im Oktober gefeiert wird. Und es wurden Tische und Bänke, Buden und Karussells aufgebaut und viele andere solche Sachen.

Ich freute mich. Denn ich darf seit letztem Jahr schon allein mit Konny, Ida und Sarah dorthin gehen. Außerdem war das einer der beiden Gründe, warum ich früh aufgewacht war.

Der andere Grund war nicht so schön. Aber genau daran musste ich die ganze Zeit denken.

Nämlich: Meine letzte Mathearbeit war nicht so toll gewesen. Das lag daran, dass ich zwei Aufgaben überhaupt nicht kapiert hatte. Die anderen hatte ich alle kapiert und da hatte ich alles richtig. Nur diese beiden eben nicht. Also war die Note nicht so gut. Und Papa wollte an diesem Tag mit mir lernen.

Dazu muss man wissen, dass Papa und ich uns manchmal anschreien. Beim Lernen schreien wir uns sogar meistens an. Ich werde ja schnell wütend und Papa eben auch. Er wird immer dann wütend, wenn ich sage, dass wir das in der Schule ganz anders machen. Weil er selber Lehrer ist, will er immer, dass ich die Sachen so mache, wie er sagt. Na ja. Deshalb hatte ich ein mulmiges Gefühl. Vielleicht wisst ihr, was ich meine?

Nach dem Frühstück (alle waren begeistert, dass ich Brötchen geholt hatte) ging es dann los.

Ich holte meine Mathesachen und

Papa suchte Aufgaben für mich im Internet und druckte sie aus. Er setzte sich neben mich und schaute mir zu. Das kann ich gar nicht leiden! Aber ich konnte ja nichts dagegen tun. Also rechnete ich los.

Und schon wenig später sagte er: „Malin, das da kannst du ganz anders rechnen. Schreib das doch lieber so hin und …"

„Nein!", sagte ich. „Wir müssen das so machen."

„Du probierst es jetzt mal so, wie ich sage!", rief Papa und haute mit der Hand aufs Papier.

„Ich will nicht! Lass mich in Ruhe!", rief ich. (Ziemlich laut.)

„Spinnst du?", schrie Papa.

„Du spinnst!", schrie ich. (Ich weiß, dass man das nicht zu seinen Eltern sagen soll. Aber es kam einfach so aus mir raus, leider!)

Papas Augen wurden ganz klein. „So, meine Liebe." (Er sagt „meine Liebe", obwohl er das in diesem Moment überhaupt nicht lieb meint!) „Von mir aus mach es, wie du willst. Aber glaub nicht, dass du zum Valentinsherbst gehen darfst, wenn du nicht alle Aufgaben gelöst hast." Er ging weg und ließ mich allein.

Entsetzt schaute ich auf die Blätter. Das ging nicht! Es waren ja genau solche Aufgaben, die ich nicht verstand! Ich konnte die nicht allein machen!

Tränen stiegen in meine Augen und liefen gleich darauf über mein ganzes Gesicht. Wie schrecklich! Alle Kinder aus unserem

Haus durften später zum Valentinsherbst gehen, nur ich nicht.

Ich war wütend auf Papa und zugleich sehr traurig.

Was sollte ich machen? Ich konnte eigentlich gleich wieder ins Bett gehen, denn der Tag war schon kaputt.

Konny lag die ganze Zeit auf dem Sofa und spielte mit seinem Minicomputerspiel. Der hatte es gut! Okay, er hatte am Tag zuvor ganz viel gelernt. Aber jetzt hatte er frei. Das fand ich irgendwie gemein.

Konny guckte mich an. „Was ist?", fragte er.

Ich zuckte mit den Schultern.

„Kapierst du's nicht?"

Ich schüttelte den Kopf.

Konny stöhnte und kam zu mir rübergeschlappt. „Lass mal sehen."

Oh! Ich mag Konny! Na ja, oft ist er ganz schön blöd zu mir. Aber manchmal ist er eben auch nett. In diesem Moment wollte ich ihn am liebsten umarmen.

Er setzte sich zu mir und half mir. Und dieses Mal schrie ich auch nicht, sondern passte gut auf. Und: Juchhu! Schon nach ganz kurzer Zeit hatte ich verstanden, wie man die Aufgaben löst. Konny rechnete auch noch ein paar für mich aus, und dann waren wir schon fertig.

„Papa! Fertig!", rief ich.

Papa schaute alles an und nickte. „Sieh mal an!"

„Können wir jetzt gehen?", fragte ich.

„Na gut! Dieses Mal drück ich noch ein Auge zu. Aber die Schreierei muss aufhören!"

Ha, dachte ich, das kann ich ja genauso sagen. Aber ich schaffte es, meinen Mund zu halten. Zum Glück!

Von Mama hatten Konny und ich je 10 Euro gekriegt. Die durften wir auf dem Valentinsherbst ausgeben.

Ich rannte zu meinen Kusinen hoch, um zu sagen, dass wir bereit waren. Wir wollten zu viert losgehen.

„Treffpunkt Feuerschwein!", rief Ida. „Wir kommen gleich."

(Das Feuerschwein ist ein kleines Kunstwerk bei uns im Hof. Das haben wir selbst gemacht. Zwar haben wir immer Angst, dass es wieder abgemacht werden muss von der Hauswand, aber bis jetzt ist es noch da. Es sieht lustig aus, freundlich und doch irgendwie abenteuerlich mit seinen Feuerflügeln.)

Der Valentinsherbst ist kein sehr großes Fest. Das Fest in Opas Ort ist zum Beispiel viel größer. Aber es gibt trotzdem tolle Sachen:

Ein Karussell, das ist immer dasselbe, und als ich kleiner war, bin ich immer auf dem Frosch mit den Flügeln gefahren.

Eine Losbude, bei der man Topfpflanzen gewinnen kann.

Eine Schießbude mit Gewehren.

Eine Dosenwurfbude, aber die Bälle sind irgendwie zu leicht, und es ist schwer, was zu treffen.

Ein Autoskooter (Papa sagt „Boxautos" dazu), da darf man erst ab 8 alleine fahren, aber Konny und Ida haben mich früher manchmal mitgenommen. Dieses Jahr könnte ich allein!

Einen Pommes-Stand.

Einen Döner-Stand.

Einen Wagen mit unglaublich leckeren Süßis.

Einen Crêpe-Stand, den machen die Mütter vom Kindergarten, um Geld für den Kindi zu verdienen.

Einen Kürbissuppen-Stand, den machen die Väter vom Kindi. Der heißt „Väter kochen für Kinder". Der andere heißt aber nicht „Mütter kochen für Kinder", tja, warum wohl, das machen sie ja meistens sowieso jeden Tag!

Eine Pool-Bar, aber ohne Pool (das heißt Schwimmbad), den macht der Hallenbadverein, um Geld zu verdienen.

Außerdem noch ein paar Sachen, aber das waren die wichtigsten.

Außer: Das Bungee-Trampolin! Das ist so supertoll! Leider ist es nicht jedes Jahr da. Aber als ich am Morgen vom Bäcker kam, habe ich ja schon mal um die Ecke gelinst und ein Stückchen von dem großen Mast gesehen. Dieses Jahr war es also da! Deshalb freute ich mich so.

Ida, Sarah, Konny und ich gingen erst mal ganz gemütlich an allen Sachen vorbei und schauten. Das machte Spaß, denn es kribbelte immer so im Bauch, wenn man daran dachte, was man später noch alles machen konnte.

Wir gingen auf und ab und auf und ab, bis Konny sagte: „Ja, wollen wir vielleicht auch mal was fahren?"

Wir überlegten, was wir zuerst machen wollten. 10 Euro sind eigentlich ja ganz schön viel Geld, aber auf dem Valentinsherbst sind sie immer ganz schnell weg. Das kommt daher, dass beim Bungee-Trampolin eine Runde Hüpfen tatsächlich 5 Euro kostet. Aber ich habe von meinem Taschengeld extra noch 5 Euro gespart, damit es reichte.

Wir fingen mit dem Autoskooter an. Da konnten wir immer zu

zweit in eins einsteigen und es kostete trotzdem für jedes Auto nur 1 Chip.

Ich mag den so mittelgern, den Autoskooter. Die laute Musik finde ich toll, da kriege ich immer so ein besonderes Gefühl, als ob wir ganz cool wären. Aber das Geboxe finde ich manchmal zu stark und dann habe ich ein bisschen Angst.

Ich fuhr mit Ida, und wenn Konny und Sarah uns zu wild anboxten, dann lenkte Ida und wir fuhren schnell davon. Einmal boxten wir die beiden an, als sie gar nicht damit gerechnet hatten, das war lustig.

Karussell fuhren wir nicht. Es ist schon hübsch, aber irgendwie waren wir jetzt alle zu groß dafür.

Dann kaufte ich bei der Losbude ein Los und gewann einen süßen kleinen Kaktus. Ich freute mich schon darauf, dass ich Mama den nachher schenken konnte, weil die Arme heute nämlich wieder mal Kopfweh hatte.

Wir kauften uns Süßis – die sind leider auch ziemlich teuer – und Konny machte Dosenwerfen. Er gewann einen kleinen Schlüsselanhänger mit einem durchsichtigen roten Herz. Den schenkte er mir gleich. Weil so ein Herz nicht cool genug ist für Jungen, glaube ich.

Sarah kaufte für uns alle eine Portion Pommes mit Ketchup. Danach teilten wir uns eine Schoko-Crêpe, die Konny kaufte.

Und dann war uns schlecht. Mit all dem Zeug im Bauch konnte ich auf keinen Fall Bungee-Trampolin springen!

„Kannst du mit dem Kaktus sowieso nicht", sagte Sarah.
„Höchstens könnte ich ihn dir halten."
Aber da merkte ich, dass ich den Kaktus überhaupt nicht mehr
hatte! Ich sah mich um, aber er war nirgends zu entdecken.
„Bestimmt hast du ihn irgendwo abgestellt", überlegte Ida.
Ich wurde ganz traurig. Es war nur ein kleiner Kaktus, aber ich
hatte mich so gefreut, dass ich ihn Mama schenken konnte.
Und – bitte nicht lachen! – der kleine Kaktus tat mir auch
irgendwie leid. Jetzt stand er da irgendwo einsam herum.
Wir gingen den ganzen Weg wieder zurück, wo wir überall
schon gewesen waren, kreuz und quer, und fragten überall
nach, aber niemand wusste was von meinem Kaktus.

An der Pflanzen-Losbude ging ich ganz nah vorbei und schaute betrübt hinein.

Wie gut, dass ich das machte! Denn da rief der Losmann laut: „Ja, da ist sie ja, die kleine Madame, die vorhin den Kaktus gewonnen hat. Fehlt er dir schon?"

Und da hatte doch tatsächlich jemand meinen Kaktus gefunden und dort abgegeben! Glücklich nahm ich ihn wieder zu mir und hielt ihn ganz fest.

Wenig später fühlte sich mein Bauch auch schon wieder besser an und ich ging zum Bungee-Trampolin. Ich liebe das Bungee-Trampolin! Sarah hielt wie versprochen meinen Kaktus und ich sprang und sprang und sprang, so hoch ich konnte. Am Schluss machte der Bungee-Mann noch „Rakete" mit mir. Er zog mich ganz weit runter aufs Trampolin und ließ mich dann an den Gummiseilen wahnsinnig weit hochschnellen.

So ein Hui-Gefühl im Bauch, das ist einfach das Tollste!

Als unser ganzes Geld weg war, gingen wir wieder nach Hause. Nur Konny blieb noch ein bisschen, denn er konnte beim Autoskooter ab und zu mit einem aus seiner Klasse mitfahren.

Gerade als wir in den Hausflur reinkamen, hörten wir, wie Frau Kepler und Oma Kilgus oben vor ihrer Wohnung stritten. Wir gingen hinauf.

„Mutter!", rief Frau Kepler böse. „Komm jetzt sofort herein!"

„Nein!", schrie Oma Kilgus. „Ich will dorthin gehen! Zum Valentinsherbst!"

Sie sah ziemlich lustig aus, im Nachthemd und mit abstehenden Haaren. Als Frau Kepler uns sah, ging sie in ihre Wohnung und ließ die traurige Oma Kilgus einfach stehen.

„Sollen wir mit dir dorthin gehen, Oma Kilgus?", fragte Sarah. Das Gesicht von Oma Kilgus sah aus, als ob es plötzlich leuchtete. „Ja!", freute sie sich und wollte schon die Treppe runtergehen.

„Du solltest dir aber was Wärmeres anziehen", schlug Ida vor. Und denkt euch – wenig später kam Oma Kilgus angezogen, gekämmt und mit einem 20-Euro-Schein in der Hand wieder raus.

„Dann können wir uns was kaufen!", flüsterte sie. „Wollt ihr Karussell fahren?" Wir kicherten.

„Dafür sind wir schon zu groß!", antworteten wir.

Oma Kilgus sah ganz glücklich aus, wie wir mit ihr durch den Valentinsherbst gingen. Sie wollte natürlich nicht Autoskooter fahren oder so, aber sie wollte unbedingt Magenbrot kaufen. Das gab es am Süßi-Wagen. Und sie kaufte uns allen auch noch Süßis. Dann wollte sie noch ein kleines Bier trinken und eine Bratwurst essen.

Als wir später nach Hause gingen, waren wir so fröhlich, dass wir sangen. Das Lieblingslied von Oma Kilgus ist „He-ho, spann den Wagen an", das probierten wir im Kanon. Natürlich klappte es gar nicht und wir lachten und lachten.

Oma Kilgus verabschiedete sich vor ihrer Wohnungstür lächelnd von uns mit einem kleinen Kuss auf die Stirn. Ich glaube, sie hat nicht oft so viel Spaß in ihrem Leben. Da hatte Sarah eine gute Idee gehabt, mit ihr zum Valentinsherbst zu gehen.

Das sagte ich noch zu Sarah. Und Sarah? Die gab mir zum Abschied kichernd einen Kuss auf die Stirn. Aber keinen kleinen Kuss, sondern einen Riesenschmatzer!

Und Mama hat sich übrigens sehr über den kleinen Kaktus gefreut.

4. Der Elternstreit-Drachen-steigen-lassen-Tag

Ida und Sarah sind meine Kusinen. Ich glaube, das habe ich schon erzählt. Ihr Papa heißt Achim und ist mein Onkel. Zusammen wohnen sie zwei Stockwerke über uns, also im 3. Stock.

Ihre Mama wohnt nicht hier. Sie heißt Simone. Manchmal sind Ida und Sarah bei ihr. Eigentlich die Hälfte der Zeit und die andere Hälfte bei Achim. Aber so ganz klappt das nie.

An diesem Tag saßen Sarah und ich bei Ulbrichs (so heißen meine Kusinen mit Nachnamen) am großen Tisch in der Küche. Sie haben einen ganz riesengroßen Tisch. Sie haben auch ein Sofa im Wohnzimmer, aber dort sitzt fast nie jemand, meistens sitzen alle am Tisch. Immer, wenn wir was basteln wollen, gehen wir zu diesem Tisch, weil wir uns da total ausbreiten können.

Wir wollten Drachen basteln. In der Schule hatten wir gelernt, dass man ganz leichtes Papier oder Plastikfolie nehmen muss. Wenn man normales Papier nimmt, fliegt der Drachen nicht, weil er zu schwer ist. Das wusste ich vorher nicht, und darum hab ich erst jetzt kapiert, warum meine gebastelten Drachen früher nie geflogen sind. (Mama hat sie trotzdem aufgehoben, weil ich sie mit so viel Mühe bemalt habe.)

Wie wir also so vor uns hin bastelten, hörten wir auf einmal, wie Achim am Telefon ganz ärgerlich wurde. Er versuchte leise zu sein, aber wir hörten ihn trotzdem.

„Also entschuldige mal, das ist wirklich Quatsch!", hörten wir ihn sagen. „Was soll das? Du bestimmst doch immer, wie es gemacht wird."

Ich schaute Sarah an. Sie kriegte ganz traurige Augen und ließ den Kopf hängen.

„Ach, hör doch auf!", rief Achim. „Wenn ich jetzt Nein sage, gibt es nur wieder Stress. Ich könnte das ja noch aushalten. Aber die Kinder nicht. Also machen wir es wieder so, wie du willst. Wie immer."

Wir hörten, wie er das Telefon auf die Halterung knallte, die Balkontür aufriss und auf den Balkon rausging.

Als ich wieder zu Sarah schaute, weinte sie. Die Arme! Ich ging um den Tisch herum und legte meine Hand auf ihren Arm. Rasch wischte sie sich übers Gesicht.

„Was ist da los?", fragte ich.

„Sie streiten. Sie streiten immer!"

„Warum streiten sie?", wollte ich wissen.

„Wegen uns. Wir wollen das ja gar nicht. Aber wir können einfach nichts dagegen machen!"

Ich verstand das nicht. Wieso konnte man wegen Ida und Sarah streiten?

Die beiden waren so nett, was gab es da zu streiten?

„Immer geht es darum, bei wem wir sein sollen. Ob wir bei Papa sein sollen oder bei Mama.“

„Wollen denn beide, dass ihr bei ihnen seid?“

„Ja. Oder … nö. Manchmal kann einer plötzlich nicht mehr und dann sollen wir zum anderen gehen. Aber zum Beispiel an Weihnachten will Mama uns immer bei sich haben. Eigentlich soll abgewechselt werden, aber an Weihnachten nicht. Das ist so traurig!“

„Traurig?“

„Ja, weil Papa dann ja immer allein ist an Weihnachten! Und wenn wir nicht bei Mama wären, wäre sie allein. Einmal haben sie uns gefragt, zu wem wir gehen wollen.“

„Das war dann gut, oder?“

„Nein! Überhaupt nicht gut. Ganz egal, was wir sagten, es war immer für einen von beiden schlimm. Und ich hab doch beide lieb!“

„Aber wen hast du lieber?“, fragte ich.

„Malin!“, sagte Sarah. Dabei schüttelte sie den Kopf. „Das kann man doch eben nicht sagen! Verstehst du?“

Tja. Eigentlich schon.

Wenn ich nachdachte … Man kann wirklich nicht sagen, wen von beiden Eltern man lieber hat.

Als ich klein war, habe ich Mama mal gefragt, wen von uns beiden Kindern sie lieber hat, Konny oder mich. Und sie hat auch nur gesagt, dass sie uns gleich lieb hat. Ich wollte aber unbedingt, dass sie sagt, sie hat mich lieber. Da hat sie mich ganz ernst angeschaut.

„Malin, stell dir doch mal vor, ich sage, dass ich dich lieber habe. Wie würde sich Konny da fühlen? Und wie würdest du dich denn fühlen, wenn ich dir sage, dass ich Konny lieber habe?"

Das stimmte natürlich. Und ich bin sehr froh, dass sie damals gesagt hat, sie mag uns gleich gern.

Aber für Ida und Sarah war es schwierig. Sarah sagte, dass Ida und sie sich überlegt haben, gar nichts mehr dazu zu sagen. Und das war wohl das Beste. Aber jetzt mussten sie immer das machen, was Achim und Simone sagten. Auch blöd irgendwie.

„Und was ist jetzt an Weihnachten?", fragte ich.

„Wahrscheinlich wieder zu Mama", sagte Sarah. Sie schaute mich an. „Vielleicht könnt ja ihr Papa einladen? Dann ist er nicht so allein. An Weihnachten allein zu sein ist doch ganz besonders schlimm. Wenn alle sich freuen und Geschenke auspacken."

An Weihnachten allein sein? Ging das überhaupt? Das konnte ich mir gar nicht vorstellen. Aber natürlich, bestimmt gab es viele, die allein waren. Der Wurstheimer zum Beispiel. Er hatte bestimmt auch niemanden, mit dem er feiern konnte.

„Der Wurstheimer ist bestimmt auch allein", sagte ich.

„Aber mit dem will Papa sicher nicht feiern", sagte Sarah. Wir kicherten beide. Ich war froh, dass Sarah nicht mehr weinte.

„Bestimmt laden wir Achim ein", sagte ich. Gleich nachher wollte ich mit Mama darüber sprechen.

„So, alles klar, Mädels?", fragte Achim. Seine Stimme sollte fröhlich klingen. Aber wir wussten ja, was los war. Er rieb sich mit den Händen übers Gesicht, seufzte und schaute dann auf unsere halb gebastelten Drachen.

„Braucht ihr noch Hilfe?", fragte er.

Zusammen mit Achim bastelten wir also unsere Drachen fertig. Wir machten sogar noch lustige Schwänze mit Schleifen dran. Mit einem dicken Filzstift malten wir Gesichter auf. Sarahs Drachengesicht lachte nicht. Es sah irgendwie traurig und ein bisschen böse aus. Vielleicht, weil sie selber nicht fröhlich war? Sie und Achim schauten es lange an. Dann nahm Achim Sarah in die Arme und drückte sie ganz fest. Und Sarah musste wieder weinen.

„Alles gut, mein Schatz", sagte Achim. „Manchmal ist man traurig. Das darf auch mal sein."

Ich zog an meinem Drachen ein bisschen hin und her, weil ich nicht so richtig wusste, was ich machen sollte. Vorsichtig schielte ich zu den beiden hinüber.

Da klingelte schon wieder das Telefon.

„Nö", sagte Achim. „Ich geh jetzt nicht mehr dran. Wollen wir denn eure Drachen mal steigen lassen? Ich hab extra Schnur gekauft!"

Wenn wir Drachen steigen lassen wollen, müssen wir ein ganzes

Stück weit gehen, denn wir wohnen ja in der Stadt und da sind überall Häuser, aber keine großen Wiesen. Auf dem Spielplatz geht es auch nicht, da ist nicht genug Platz. Also gehen wir zum Sportplatz. Wenn dort niemand Fußball spielt, können wir losrennen und dabei die Drachen in die Höhe steigen lassen.

Weil es schön windig war, gingen wir also los. Achim legte für Ida eine Nachricht in den Flur, damit sie nachkommen konnte. Unsere Drachen flogen super! Wir lachten und rannten hin und her. Immer höher ließen wir sie steigen und immer länger wurde die Schnur.

Doch plötzlich machte Sarah: „Oh!"

Denn das Ende der Schnur war nicht an dem Plastikring festgemacht, wo sie drauf gewickelt war. Die Schnur lief ihr durch die Hände, ohne dass sie das Ende noch festhalten konnte. Der Drachen flog weg! Und wir konnten ihm nur hinterherschauen. Achim rannte los, immer hinter Sarahs Drachen her. Aber weit brauchte er gar nicht zu rennen. Ganz am Ende des Sportplatzes stand ein sehr hoher Baum und der fing den Drachen mit seinen Ästen auf.

„Können wir hochklettern?", rief Sarah und rannte auch hin.

„Zu hoch." Achim schüttelte den Kopf.

So standen wir da alle drei und guckten zu dem Drachen hinauf. Der Drachen glotzte grimmig zurück.

„Wollt ihr den Mond anheulen?", fragte plötzlich eine Stimme hinter uns.

„Da seid ihr zu früh dran, der geht erst später auf", sagte eine andere. Wir hörten Gekicher.

Die beiden Stimmen gehörten Ida und Konny. Ida hatte Niklas in seinem Kinderwagen dabei. Niklas wohnt ja auf demselben Stockwerk wie meine Kusinen und ist noch ganz klein. Manchmal passt Ida auf ihn auf.

Niklas fing auch sofort an, nach oben zu starren. Er deutete mit seiner kleinen Hand hinauf zu Sarahs Drachen. „Da!", flüsterte er.

„Ganz genau", sagte Achim. „Er hat es schneller entdeckt als ihr beiden Flitzpiepen!"

Ida überlegte nicht lange. Sie nahm die Wickeltasche vom Kinderwagen und stellte sich unter die Stelle des Baumes, wo der Drachen hing. Mit voller Wucht schleuderte sie die Tasche hoch.

Jetzt könnt ihr euch sicher denken, was passierte. Oder denkt ihr, der Drachen ist mit der Tasche runtergekommen? Da denkt ihr falsch! Die Tasche hatte den Drachen zwar wirklich fast erreicht. Aber eben nur fast. Und nun hing sie neben ihm in den Ästen. Als ob sie ihm nur eben mal Hallo sagen wollte.

„Spitze, Ida!", sagte Achim. „Wollen wir vielleicht noch was loswerden? Was schmeißen wir als Nächstes hoch? Den hier vielleicht?" Und er schnappte sich Konny und tat so, als ob er ihn werfen wollte. Konny lachte und strampelte.

Plötzlich machte es „plopp" und „dong" und „paff". Nacheinander fielen immer mehr Sachen aus Niklas' Wickeltasche: Die Trinkflasche, eine Cremetube ... Zum Schluss segelte noch eine frische Windel herab und landete auf der Wiese. Nur die Tasche blieb oben.

„Da!" Niklas lachte. „Ida! Tasse! Bauuum!", gluckerte er. („Tasse" sollte natürlich „Tasche" heißen.)

„Und jetzt?", fragte Konny.

Achim hatte einen Stock gefunden. Er sagte, wir müssen ein paar Schritte zurückgehen, und dann schmiss er den Stock hoch. Und – war das zu glauben? Der Stock blieb auch oben!

„Ohaa! Scheint ein Magnet-Baum zu sein", kicherte Konny.

„Haha-haa!", lachte er.

Aber Achim lachte nicht. Er schaute sich um und fand noch einen dickeren Stock. Mit voller Kraft warf er den hinterher. Und endlich kam auch wieder was runter. Erst der dicke Stock selber, dann der dünnere Stock und dann noch ein paar Blätter.

„Gratuliere!", lachte Konny.

„Gibt's doch nicht", murmelte Achim und schoss den Stock gleich noch mal hoch. Diesmal traf der Stock die Tasche.

„Jäääh!", schrien wir.

Die Tasche wackelte ein bisschen und rutschte tiefer.

„Los! Los! Los!", feuerten wir die Tasche an. Ich hüpfte auf und ab, als ob ich dadurch den ganzen Baum zum Wackeln bringen konnte.

Sarah machte es mir nach. Und sogar der kleine Niklas

versuchte in seinem Wagen, mit dem Popo auf und ab zu wippen.

„Tasse", schrie er plötzlich.

Und wirklich! Die Tasche löste sich endlich und flatterte gemütlich herab. Sie wehte Richtung Kinderwagen und landete halb auf Niklas' Kopf, halb auf seiner Schulter.

Wir lachten.

„Und der Drachen?", fragte Ida.

Aber Sarah schüttelte den Kopf. „Der soll da oben bleiben", sagte sie. „Der soll ruhig da oben böse gucken. Ich mach mir 'nen neuen, fröhlichen."

Und so gingen wir wieder nach Hause. Ida sammelte noch die Sachen ein und stopfte sie in die Tasche zurück. Meinen Drachen hielt ich fest unter dem Arm. (Und später am Abend wickelte ich die ganze Schnur ab – und tatsächlich war sie auch nicht festgebunden! Das machte ich dann natürlich gleich.)

Vor dem Haus trafen wir Marlene, das ist Niklas' Mama. Und als Niklas sie sah, rief er: „Mama! Ida Tasse Bauuum!"

5. Der Sonnen-Wald-höhlen-Geheimnis-Tag

Sonne! Die Sonne schien endlich mal wieder! Es war Samstag und ich lag noch im Bett, als Sonnenstrahlen durchs Fenster kamen. Es ist komisch, aber ein bisschen Sonne reicht oft aus, um richtig gute Laune zu kriegen. Geht euch das auch so? Ich kenne noch mehr Leute, denen das so geht. Papa zum Beispiel. Er setzt sich sogar oft auf unseren kleinen Küchenbalkon, wenn dort Sonne ist. Und Mama sagt an sonnigen Tagen immer das Gleiche: „Los, los, raus an die frische Luft, jetzt wird Sonne getankt!"

An diesem Tag sagte sie das nicht. Sondern: „Eigentlich müsste man raus bei dem Wetter. Wer weiß, ob es im Herbst noch mehr schöne Tage gibt. Aber ich muss leider heute arbeiten!" (Mama arbeitet in einer Buchhandlung.)

„Wollen wir rausgehen?", fragte ich Konny.

„Keinen Bock", antwortete er und schmiss sich aufs Sofa, natürlich wieder mit seinem kleinen Computerspiel.

Aber ich wollte raus! Unbedingt! Ich schaute vom Balkon in den Hof, ob schon andere Kinder draußen waren. Und tatsächlich waren Sarah, Noah, Ben und Fanny da und spielten. Ida saß mit einem Buch auf der Bank.

Ich sauste auch runter. Es war so warm, dass man gar keine Jacke brauchte, nur einen dicken Pulli.

Wir spielten Hüpfkästchen und später Fangen. Das Feuerschwein war Ausschluss.

„Wollen wir mal fragen, ob wir allein zum Spieli dürfen?", fragte Sarah.

„Jaa!", rief ich. Manchmal dürfen wir nämlich.

Aber Fanny schüttelte den Kopf. „Papa hat heute Morgen schon Nein gesagt. Aber unsere Mama geht später vielleicht mit", sagte sie.

Und so war es. Susanne (das ist Fannys, Bens und Noahs Mutter) ging tatsächlich mit uns zum Spielplatz. Unser Spielplatz ist zwar nicht so wahnsinnig toll, aber immerhin gibt es ihn und ein paar Sachen kann man spielen. Die Jungen spielen oft Fußball auf der Wiese. Konny ist auch mitgekommen, als er gehört hat, dass wir zum Spieli gingen, und wollte natürlich Fußball spielen. Manchmal spielen wir Mädchen mit. Heute ließen wir uns auch überreden.

Aber schon nach ein paar Minuten schoss Noah den Ball in hohem Bogen ins Gebüsch. Auf einer Seite vom Spielplatz sind nämlich Büsche. Manchmal spielen wir dort Verstecken.

Noah ist ziemlich stark und der Ball ist weit weg geflogen. Er suchte ihn, aber nach einer Weile kam er wieder und zuckte mit den Schultern. Kein Ball.

„Gibt's doch nicht", sagte Konny. „Der kann doch nicht weg sein."

Wir suchten alle, aber wir fanden den Ball einfach nicht. Wo konnte der sein?

„Hier!", schrie Ben plötzlich. Aber wo war Ben? Der war jetzt auch weg! Wir hörten ihn, aber wir sahen ihn nicht.

„Piep einmal!", rief Ida.

„Piep! Piep! Piep! Piep!", machte es von irgendwoher.

„Das ist ja zum Verrücktwerden!", sagte Ida.

„Steh doch mal auf!", schrie Fanny.

„Ich steh doch schon!", hörten wir Ben.

Sarah kicherte.

„Hää?", machte ich. „Wie kann das denn sein?" Ich drehte mich rundum im Kreis, bis mir schwindelig wurde, aber ich sah nichts. Kein Ben. Weit und breit nicht.

„Da!", rief Sarah und zeigte auf eine kleine Hand, die über ein paar Büschen hin und her wedelte.

Wir kämpften uns durchs Gestrüpp dorthin. Und tatsächlich! Dort stand Ben und guckte zu uns hoch. Ja, er musste hochschauen! Denn er stand nämlich in einer Art Grube. Es gab einen kleinen Platz ohne Büsche und dort ging es ein bisschen runter. Weil von einer Seite ein Busch drüberhing, sah es sogar aus wie eine kleine Höhle.

„Ohaa! Coool!", machte Konny. „Wahnsinn!"

Wir rutschten alle zu Ben runter. Ben saß grinsend auf dem Fußball. Da staunten wir. Wenn man weiter runter kroch, bis unter die Zweige, sah es fast aus wie ein Höhlenzimmer.

Allerdings war es jetzt gerade ziemlich eng mit uns allen drin.

„Hier würde ich gern wohnen", sagte Noah.

„Das könnte doch unser Geheimversteck sein!", rief Ida. „Nur wir wissen davon!"

„Und wir können uns hier heimlich treffen", überlegte Konny.

„Wir nicht", sage Fanny. „Papa erlaubt nicht, dass wir allein zum Spielplatz gehen."

„Das ist bestimmt nicht mehr lange so", tröstete Konny sie.

Wir fingen an, die Höhle ein bisschen sauber zu machen. Dazu nahmen wir ein paar Zweige und benutzten sie als Besen. Ganz unten kam feste Erde heraus, die ein bisschen wie Fußboden war. Und plötzlich kamen uns ganz viele Ideen. Wir wollten eine Decke herbringen, auf der wir besser sitzen konnten (ich konnte schon fast hören, was Papa zu unseren schmutzigen Hosenpopos sagen würde). Und ein Tisch wäre schön! Vielleicht konnten wir einen Karton dafür benutzen?

Plötzlich hörten wir Susanne rufen. „Fanny! Ben! Noah?"

Ben legte sich den Finger auf den Mund, als Zeichen, dass wir still sein sollten. Fanny kicherte.

„Kinder! Hallo! Wo seid ihr denn?" Sie hörte sich ein bisschen ängstlich an.

„Jetzt müssen wir rauskommen", sagte Ida. „Sie macht sich wirklich Sorgen."

Ida ist von uns allen die Vernünftigste. Das habt ihr bestimmt schon gemerkt!

Wir krochen also alle wieder heraus aus unserem neuen Geheimversteck und Ben sauste zu Susanne hin.

„Ach, da seid ihr!", rief sie. „Jetzt bin ich aber froh. Ich hab euch überhaupt nicht mehr gesehen! Wo wart ihr denn?"
Fanny wollte auf die Höhle deuten, aber Noah sagte schnell:
„Das sagen wir nicht! Nämlich, es ist ein Geheimnis!"
„Ach so!", lächelte Susanne. Und das fand ich nett. Es hätte ja auch sein können, dass sie streng geworden wäre. „Wenn es

nicht gefährlich ist ... Wollt ihr noch weiterspielen?", fragte sie.

Wir überlegten. Eigentlich wollten wir schon noch weiterspielen, aber wir wollten ja auch die Sachen holen für unsere Höhle.

„Also ich würde gerne wieder nach Hause gehen", sagte Susanne. „Ich muss noch Wäsche aufhängen."

Da kamen wir mit ihr mit. Zu Hause fragte ich gleich Papa, ob ich unsere alte Picknickdecke haben konnte. „Und haben wir einen Karton, den wir nicht mehr brauchen?"

„Im Keller liegt sicher noch einer", sagte er.

Wenig später trafen wir uns im Hof beim Feuerschwein. Ida hatte Plastikbecher mitgebracht und Sarah hatte eine Flasche Apfelsaft in der Hand. Konny versteckte eine Tüte Chips unter seinem Pulli – er hatte Papa nämlich gar nicht gefragt, ob er die mitnehmen durfte.

Ich hatte gleich zwei Kartons dabei. Einen konnten wir als Tisch benutzen und einen als Schrank. Ich war schon ganz kribbelig!

Papa und Achim hatten uns erlaubt, allein zum Spielplatz zu gehen, wenn Ida ihr Handy mitnahm. Wir waren total albern, weil wir uns so freuten.

Zuerst konnten wir unser Geheimversteck gar nicht mehr finden!

„Das ist gut", sagte Ida. „Das ist sogar sehr gut! Denn dann findet es auch kein anderer."

Aber etwas später passierte noch was. Und da hatten wir doch Angst, ob nicht einer die Höhle finden würde!

Zuerst machten wir es uns ganz gemütlich. Sarah und ich legten die Decke aus. Gleich darauf stand der Tisch (der eine Karton) in der Mitte und an der Seite der Schrank (also der andere Karton). Ich stellte den so hin, dass man die Klappen aufklappen konnte wie bei einem richtigen Schrank. Lustig! Auf dem Karton stand „Kasimir – das beste Bier".

Ida stellte die Plastikbecher und die Apfelsaftflasche in unseren Schrank. Konny stopfte die Chipstüte dazu. Aber er holte sie dann gleich wieder raus, weil er Chips essen wollte.

Wie gemütlich wir es hatten! Ich trank Apfelsaft, obwohl ich gar keinen Durst hatte. Aber es war ein ganz besonderes Gefühl, hier etwas zu trinken. Als wir fertig getrunken und gegessen hatten, stellten wir wieder alles in den Kartonschrank.

„Wollen wir was spielen?", fragte Sarah.

„Wir haben doch gar kein Spiel", sagte Ida.

„Es gibt ganz viele Spiele, die man einfach so spielen kann. Tiere raten, Wörterschlange machen, Ich sehe was, was du nicht siehst ..."

Aber ich konnte gar nicht weiterreden, denn plötzlich hörten wir ein unglaubliches Geheul. Sofort krabbelten wir zu der Stelle, wo wir aus dem Versteck rausklettern konnten. Wir krochen aber nur halbhoch, sodass wir unauffällig über den Rand der Büsche gucken konnten.

„Sebastian!", flüsterte Konny.

„Warum heult und schreit er so?"

„Ah! Da ist noch ein Junge. Ohaa! Die zwei gehen aufeinander los! He, das müssen wir genauer anschauen. Los! Wir schleichen uns an!"

Das war wahnsinnig aufregend! Mein Herz klopfte. Wir durften ja gar keine Geräusche machen, sonst hätten die beiden Jungen uns gehört. Konny ging voran und er schlich in einem großen Bogen um den Spieli herum, damit man nicht sofort erkennen konnte, woher wir kommen.

Wir waren ganz nah dran an den beiden Jungen. Jetzt prügelten sie sich richtig, und das sah gar nicht gut aus. Zwar mochte ich Sebastian nicht besonders. Er wohnte in der Nähe und ärgerte uns oft. Aber es war auch nicht gut, dass die beiden hier sich schlimm wehtaten.

„Was sollen wir machen?", flüsterte Sarah.

„Wir lenken sie ab, dann hören sie vielleicht auf", flüsterte Ida. Konny nahm einen Klumpen Erde und warf ihn in Richtung der beiden Jungen. Er traf Sebastian am Kopf.

„He, du Arsch, hör auf, mit Erde zu schmeißen!", schrie er.

„War ich gar nicht!", schrie der andere zurück. „Das kam von dahinten!"

Und tatsächlich! Unser Plan ging auf. Sie machten eine Pause von der Schlägerei und schauten sich um.

Oh! Oh! Oh! Sie drehten sich in unsere Richtung! Ich duckte mich ganz weit auf den Boden. Aber es war zu spät. Sie hatten uns wohl schon gesehen.

„Los! Rennt! Aber nicht direkt auf unser Versteck zu. Ihr geht da herum, ich hier", zischte Konny uns zu.

Ich wusste nicht, was ich machen und wo ich hinrennen sollte, also rannte ich einfach hinter Ida und Sarah her. Aber ich sah gerade noch, wie Konny in die andere Richtung rannte. Und die Jungen sahen wohl nur ihn.

Oh nein! Sebastian nahm einen Stein in die Hand und schleuderte ihn in Konnys Richtung.

„Ahaa! Der tolle Kon-stan-tiin!", blökte Sebastian und lief Konny hinterher. Hoffentlich erwischten sie Konny nicht!

Wir Mädchen sausten um den Spielplatz herum und sprangen schnell in unser Versteck. Von dort hörten wir, wie die Jungen herumschrien. Der arme Konny!

Dann hörten wir nichts mehr.

„Wo ist er jetzt?", rief Sebastian (ich erkannte seine Stimme).

„Keine Ahnung", kam die Antwort des anderen.

„Jetzt müssen wir sie ablenken, damit Konny wieder hier reinkommen kann!", sagte Ida.

„Aber wie denn?", fragte Sarah. „Wenn wir rausgehen, sehen sie uns doch auch!"

Ida nahm einen Klumpen Erde, genau wie vorhin Konny. Wir krochen wieder ein Stückchen hoch und schauten, wo die Jungen waren. Huch! Sie waren schon ganz nah! Ida wartete einen Moment, bis die beiden wegschauten, dann schleuderte sie den Erdklumpen so weit weg, wie sie nur konnte. Es machte ein Geräusch, als er weiter hinten im Gebüsch in die Blätter fiel, und die Jungen rannten sofort dorthin. Wie schlau von Ida! Jetzt hielten wir nach Konny Ausschau. Aber das hätten wir gar nicht tun müssen. Denn ein paar Sekunden später sprang mein Bruder in die Grube und robbte sofort in unser Versteck hinein.

Ich fühlte mich so wahnsinnig wichtig und aufgeregt, wie wir da zu viert heimlich saßen. Aber waren wir auch sicher?

„Können sie uns nicht finden?", fragte ich.

„Pssst!", zischte Konny. Und tatsächlich! Die Stimmen kamen wieder näher.

„Der muss hier irgendwo sein!", murmelte Sebastian.

Jetzt raste mein Herz. Bitte nicht hierherkommen, bitte nicht!, dachte ich. Jetzt konnten wir gar nichts anderes mehr machen als abzuwarten. Wenn sie uns fanden, was würden sie tun? Auf uns losgehen? Aber wir waren immerhin zu viert. Auch wenn sie stärker waren …

Wir hätten sie mal lieber weiterschlägern lassen, dachte ich. Wir haben sie gerettet und jetzt mussten wir uns fürchten! Aber es machte auch Spaß, hier unten zu sitzen und sich zu verstecken. Wie ein richtiges Abenteuer!

Sie liefen ewig lange da draußen rum. Es konnte doch nicht so interessant sein, im Gebüsch rumzulaufen, dachte ich. Geht heim! Los, geht heim!

Da! Sie kamen wieder ganz nah. Ich dachte, ich kann

Sebastians Bein bestimmt anfassen. Aber gerade als er noch weiter herkommen wollte, rief der andere Junge: „Ich geh jetzt. Ist mir doch egal, wo der ist." Da drehte Sebastian auch um und trottete hinter ihm her.

Wir waren total erleichtert. Konny hob die Hände hoch und Ida schlug ein. Dann hoben wir alle unsere Hände hoch und schlugen gegenseitig ein, dabei hüpften wir wie wild herum. Das war lustig!

Und dann wurde es auch schon bald dämmrig. Wir hatten versprochen, dass wir zu Hause sind, bevor es dunkel wird. Deshalb schob ich unseren Kartontisch weg, legte die Decke zusammen und dann kletterten wir hinauf. Natürlich schauten wir vorher ganz genau, ob Sebastian nicht doch noch in der Nähe lauerte. Aber das tat er nicht.

Unseren Tisch, den Schrank und die Plastikbecher ließen wir dort. Die halb volle Flasche Saft und die fast leere Chipstüte auch. Wir wollten ja bald wiederkommen!

6. Der Erkältungs-Goldpapier-Bastel-Tag

Und wirklich war der Tag, an dem wir unser Geheimversteck entdeckten, der letzte schöne Tag gewesen. Seither war das Wetter schlecht. Es regnete und war kalt.

Eines Tages im November fingen unsere Nasen an zu laufen. (Als ich noch kleiner war, dachte ich immer, wie, eine Nase, die laufen kann?)

Erst Sarahs, dann meine, dann Konnys, dann Noahs, dann Idas, dann Fannys. Von den Kindern hatten nur Ben und Niklas noch keinen Schnupfen. Und es wurde noch schlimmer: Wir kriegten Husten, manche ein bisschen Fieber oder Halsweh.

„Du liebe Zeit!", stöhnte Mama. „Bald sind wir ein Krankenhaus!"

Wenn wir Kinder krank sind, ist es immer ein Problem mit der Arbeit der Eltern. Denn kranke Kinder kann man ja nicht allein lassen, sagt Mama immer. Aber wenn sie deshalb zu Hause bleiben, sind die Chefs sauer.

Darüber unterhielten sich unsere Mamas und Papas im Treppenhaus. Und da hatte Mama eine Idee: „Ich kann mir einen Tag Urlaub nehmen", sagte sie. „Dann können alle kranken Kinder bei uns sein und ihr müsst nicht alle dableiben."

Sie meinte, es ist ja egal, ob sie für zwei oder für fünf Kinder Tee kocht.

„Dann bleib morgen ich da", sagte mein Onkel.

Und Herr Ngami sagte, wenn wir danach immer noch krank sind, kann er am dritten Tag auf uns aufpassen.

Und so musste immer nur einer von seiner Arbeit wegbleiben. Wir waren ja alle ziemlich schlapp, sonst hätten wir uns bestimmt noch mehr gefreut. Aber wir waren trotzdem froh. Zusammen zu sein war bestimmt lustiger, als den ganzen Tag allein rumzusitzen. Auch wenn man krank war.

Am ersten Tag spielten wir alle unsere Spiele. Sogar welche, die ich nicht so mag. Wir puzzelten, wir malten, wir durften einen Film anschauen und wir hörten ein Hörspiel. Leider haben wir auch gestritten. Mama sagte aber, das ist ganz normal, wenn man sich nicht wohlfühlt.

Am zweiten Tag waren wir bei Ulbrichs. Da waren wir schneller mit allem fertig. Sarah und Ida haben die gleichen Spiele wie wir, manche jedenfalls. Gerade als wir gar nicht mehr wussten, was wir machen sollten, klingelte das Telefon. Als Achim auflegte, runzelte er die Stirn.

„Was ist?", fragte Ida.

„Susanne hat angerufen. Ben ist jetzt auch krank und man muss ihn aus dem Kindi abholen. Aber Susanne kann nicht weg."

„Du kannst ihn doch abholen", schlug Sarah vor.

„Hm." Achim schaute auf Fanny, die auf dem Sofa eingeschlafen war.

„Ich hole meinen Bruder ab", erklärte Noah und zog sich an.

„Es wäre deinem Vater sicher nicht recht, wenn du allein losgehst", sagte Achim.

„Dann gehe ich mit", sagte Konny.

„Ich auch!", rief ich. Wenigstens war das eine kleine Abwechslung.

„Ich aber auch!", rief Sarah.

„Und ich erst recht!", lachte Ida.

„Okay! Einverstanden. Ein bisschen frische Luft schadet euch nicht. Den Weg kennt ihr ja."

„Den find ich blind!", sagte Konny, machte die Augen zu und ging rückwärts. Natürlich stolperte er gleich und fiel hin. Dabei riss er die ganzen Jacken und Mützen von der Garderobe. Oh, Konny!

Bis wir in dem riesigen Kleidersalat alle unsere Mützen, Handschuhe und Schals gefunden hatten, dauerte es ein wenig. Sarah und ich haben die gleiche Schuhgröße und machten uns den Spaß, einen Stiefel zu tauschen. Jetzt hatte ich einen grünen und einen lila Stiefel an und sie auch.

Und endlich gingen wir los.

Außer Fanny, die schlief ja.

Zum Kindi geht man nur die Straße hoch, um die Ecke und

dann noch mal ein ganzes Stück die kleinere Straße entlang.

Die Erzieherin sah uns schon durch die Glastür, denn dort saß sie, mit Ben auf dem Schoß. Der war schon angezogen und hatte seine Tasche umgehängt. Er hatte seinen Kopf an die Schulter der Erzieherin gelegt. Als er uns sah, rappelte er sich hoch.

„Ja, so was!", staunte die Erzieherin. „Das ist ja eine nette Abholung! Wieso seid ihr denn nicht in der Schule? Seid ihr etwa alle krank?"

Wir nickten. So war es ja auch. Aber ich fühlte mich schon wieder besser. Und ich hoffte, dass ich am nächsten Tag wieder in die Schule konnte. Denn es war zwar nett, so viel Zeit zum Spielen zu haben. Aber es wurde dann doch ganz schön langweilig.

Noah nahm Ben an der Hand. Ben war ziemlich langsam. Als wir endlich wieder bei uns vor dem Haus waren, stellte Frau Munzke gerade einen Ständer mit Goldfolie vor ihren Schreibwarenladen.

„Oh, schön!", rief Sarah. Und wirklich.

Obwohl es nur ganz normales Goldpapier war, vorne golden und hinten in einer anderen Farbe, kriegte ich gleich Lust, was draus zu basteln. Etwas Weihnachtliches. Denn es war ja auch schon November!

„Ich frag Papa, ob wir eine Rolle kaufen können", sagte Sarah. Und wir durften. Wir durften sogar zwei! Weil wir ja so viele Kinder waren.

„Welche Farben nehmen wir?"

„Lila find ich toll."

„Okay. Und Grün, ja?"

Mit unseren beiden Rollen rannten wir die Treppen hinauf. Ich freue mich immer so, wenn ich neue Bastelsachen oder Malsachen habe. Dann stelle ich mir vor, was ich daraus machen kann. Und ich werde ganz kribbelig, bis ich anfangen kann!

Im 1. Stock bogen wir um die Ecke und stießen mit Oma Kilgus zusammen. Sie ist ja ziemlich alt und ein bisschen klapprig, deshalb hatte ich Angst, sie fällt um. Aber sie hielt sich schnell am Geländer fest.

„Oh Schreck! Die stürmischen Fräuleins!", sagte sie. „Wollt ihr basteln?" Sie lächelte und zeigte auf das Goldpapier. „Als Kind habe ich mal eine lange Kette für Weihnachten gebastelt. Das war schön! Und es geht ganz leicht."

Sarah und ich schauten uns an. Das war ja eine super Idee! Und alle Kinder konnten mitmachen, auch die kleinen.

„Willst du uns helfen, Oma Kilgus?", fragte Sarah.

„Oh! Ich? Gern. Aber ich sehe doch nicht mehr gut", sagte Oma Kilgus.

„Ach, irgendwas kannst du bestimmt machen", antwortete ich.

„Musst du noch Bescheid sagen?"

„Nein! Ich bin allein,", zwinkerte Oma Kilgus. Und sie ging gleich mit uns hinauf, so, wie sie war, im Nachthemd mit Strickjacke und Hausschuhen.

Achim lachte. „Wir werden ja immer mehr! Habt ihr Frau Kilgus gesagt, dass ihr alle Rotznasen seid ..., äh, ich meine, dass ihr alle Rotznasen habt?"

„Frechheit!", schrie Konny. „Selber Rotznase!"

„Stimmt leider." Achim schneuzte sich. „Mich hat es wohl auch erwischt."

Oma Kilgus lachte nur. Es machte ihr nichts aus, dass wir krank waren.

Sie setzte sich an den Tisch, den Ida schon mit Zeitungspapier abgedeckt hatte. Scheren und Klebstoff lagen bereit.

Und dann zeigte uns Oma Kilgus, wie man eine Kette bastelt. Man musste Papierstreifen ausschneiden und daraus Ringe machen. Dabei musste man sie ineinanderkleben, immer der Reihe nach. Es war ganz einfach. (Ich schreibe euch die Anleitung auf. Ihr findet sie ganz hinten im Buch.) Wir machten mal Gold nach außen, mal Lila, mal Grün. Fanny war aufgewacht und half auch. Sie freute sich, dass sie was zu tun hatte!

Wir klebten und klebten und klebten. Wenn wir zu viel Kleb nahmen und es zu langsam trocknete, gaben wir das Stück einfach Oma Kilgus, die hielt es dann für uns fest. Manchmal hatte sie in jeder Hand eine Kette. Ich glaube, es hat ihr Spaß gemacht, denn sie hat ganz glücklich ausgesehen.

Fanny hat ihre Kette über Oma Kilgus' Kopf gelegt, das sah lustig aus und alle haben gekichert.

„Was macht ihr denn mit euren Ketten?", fragte sie.

„Ich häng die auf! Bei mir im Zimmer!", sagte Fanny.

„Meine kommt an den Weihnachtsbaum", sagte Sarah.

„Meine auch", sagte Ben.

„Vielleicht hänge ich meine an die Wohnungstür, von außen", überlegte ich.

„Das mach ich auch", sagte Konny.

Oma Kilgus nahm unsere beiden Ketten. „Dann könnt ihr sie ja zusammenkleben", sagte sie. „Dann habt ihr eine lange Kette."

„Wie zusammenkleben?"

Oma Kilgus nahm noch einen Goldpapierstreifen. Den zog sie durch ein Ende von meiner Kette und durch ein Ende von Konnys Kette und klebte ihn zusammen. Und da hatten wir eine ziemlich lange Kette. Die sah toll aus!

„Ohaa! Cool!", schrie Konny. „He! Wir könnten ja alle Ketten zusammenkleben! Das gibt dann eine Riesenkette!"

Noah fand die Idee wohl gut, denn er war schon dabei, seine Kette an Konnys Ende dranzumachen.

„Aber bei wem soll die lange Kette dann hängen?", fragte Fanny. „Ich will nicht, dass meine Kette nur bei euch hängt."

Da hatte Ida eine Idee: „Wir könnten die Kette im Treppenhaus aufhängen. Vielleicht ist sie lang genug, dass sie über zwei Stockwerke geht."

„Ja! Oder sogar über alle Stockwerke!", rief Konny. Er war ganz aufgeregt.

Oma Kilgus lächelte. „Da müsst ihr aber noch ein bisschen weiterbasteln!", sagte sie.

Und das wollten wir auch. Schon bald war die Goldfolie aber alle. Und – oh Schreck! Es war Mittwoch und da hatte Frau Munzkes Laden nachmittags immer zu.

„Wir können auch anderes Papier nehmen", überlegte ich. „Wir malen weißes Papier an und nehmen das."

„Oder Zeitungspapier", schlug Oma Kilgus vor. „Früher waren wir arm, da habe ich oft mit Zeitungspapier gebastelt."

Und so machten wir es dann auch. Wir malten, schnitten und klebten. Und dabei erzählten wir uns Sachen. Was in der Schule passiert war, wer einen neuen Witz kannte und so weiter. Es ist komisch: Wenn man zusammen was macht, erzählt man sich nebenbei mehr und es ist sogar lustiger, als wenn man einfach nur so dasitzt. Besonders Fanny sagte dann plötzlich so lustige Sachen, dass wir uns kaputtlachten.

Plötzlich sagte Noah: „Wir müssen ja den Wurstheimer fragen, ob wir die Kette aufhängen dürfen. Vielleicht will er es nicht."

Wie immer hatte Noah recht. So ein Mist! Es konnte sein, dass der Wurstheimer schlechte Laune hatte und Nein sagte. Aber genauso gut konnte es sein, dass er Ja sagte. Man wusste es bei ihm nie so genau.

„Wer fragt?" Ida schaute uns alle an. Keiner sagte was. „Oh!", grinste sie, „nicht alle auf einmal!" Noch immer sagte niemand was. „Also gut, dann geh ich eben", seufzte sie.

„Ich komm mit", sagte ich.

Und dieses Mal war es komisch mit dem Wurstheimer. Wir klingelten also bei ihm. Und als er aufmachte, erzählten wir ihm von der Kette. Und was machte er? Er lachte schallend. Was sollte das denn? Wir schauten uns verwirrt an.

„Sehen aus wie zwei Hühnchen im Gewitter, die beiden", lachte er. „Wieso sollt ihr das nicht machen? Macht halt!"

War das zu glauben?

Dann fragte er sogar noch: „Braucht ihr Hilfe?"

Ich wollte schon Nein sagen, damit wir schnell wieder wegkamen von seiner Tür. Aber Ida sagte einfach: „Ja, das wäre nett."

Und ob ihr es glaubt oder nicht (ich glaubte es eigentlich selbst nicht): Etwas später stand der Wurstheimer auf der Leiter und half uns, die Kette, die wirklich sehr, sehr lang geworden war, im Treppenhaus aufzuhängen. Oma Kilgus hielt sie für ihn hoch. Und wir hielten Oma Kilgus fest, denn sie stand ziemlich wackelig da auf der Treppe.

Unsere Kette war schön geworden. Sie war ganz bunt, hatte Abschnitte mit Zeitungspapier, welche mit bemaltem Papier und natürlich lange Teile mit Goldfolie. Manchmal alles bunt gemischt. Sie reichte von ganz oben, von Ulbrichs Wohnungstür, an der Wand entlang bis runter ins Erdgeschoss. Ein paar Mal ist die Kette gerissen. Und wer hat sie dann geklebt? Der Wurstheimer!

Am Schluss stand er da und betrachtete alles. Er war auf einmal ganz still.

„Das habt ihr schön gemacht", sagte er. „Sehr schön. So … weihnachtlich." Und ich glaube wirklich, er hatte Tränen in den Augen. Aber er nahm ganz schnell sein Taschentuch aus seiner Latzhosentasche und schnäuzte sich die Nase.

In diesem Moment habe ich gedacht, ich bastle dem Wurstheimer auch noch was. Denn seine Wohnung da unten im Keller war ja zu weit weg für unsere Kette. Und das war ja auch ein bisschen traurig für ihn.

Als wir wieder in Ulbrichs Wohnung kamen, riefen wir nach Achim. Wir wollten ihm die aufgehängte Kette zeigen. Aber er antwortete nicht. Eine Weile standen wir ganz still und lauschten. Da! Ein leises schnorchelndes Geräusch – das kam aus dem Wohnzimmer! Und da lag er, auf dem Sofa: Mit seiner dicken Schnupfennase war er schließlich selber eingeschlafen!

7. Der Nörgel-Geschwister-Adventskalender-Tag

Inzwischen war es ganz schön kalt geworden. Viele Leute hatten schon Lichterketten in ihre Fenster gehängt oder Sterne. Und natürlich war in den Läden schon alles ganz weihnachtlich.

Und bei uns zu Hause? Gar nichts war da! Gar nichts Weihnachtliches, meine ich natürlich. Alles war wie immer, total normal. Zum Glück hatten wir die gebastelte Kette im Treppenhaus aufgehängt. Sonst konnte man denken, unser Haus will bei Weihnachten gar nicht mitmachen.

Aber was das Allerschlimmste war: Es gab auch noch keinen Adventskalender.

Meistens hat Mama den sogar schon ein paar Tage vor dem 1. Dezember fertig. Und das ist soo toll! Zwei Reihen mit weißen Säckchen hängen dann da, die Mama ganz früher aus alten Bettbezügen genäht hat. Und man kann gucken und raten, was da alles drin ist. Oder, wenn niemand in der Nähe ist, fühle ich auch heimlich mal welche an.

„Wann kommen die Adventskalender?", fragte ich an einem Samstag beim Frühstück. Es war nämlich der Tag vor dem 1. Dezember!

Mama schaute mich genervt an.

„Ja, genau, wann kriegen wir die?", fragte auch Konny.

„Kriegen, kriegen, haben, haben!", sagte Papa. „Sonst fällt euch wohl nichts ein?"

„Ich wollte mich heute drum kümmern", stöhnte Mama. „Hab extra frei genommen. Oh, dieser Weihnachtsstress!"

Was Mama immer mit dem Weihnachtsstress hat? Ist doch total gemütlich, die Adventszeit!

„Wer räumt den Tisch ab?", fragte Papa.

„Kein' Bock", murmelte Konny und verkrümelte sich.

„Ich will es auch nicht immer allein machen!", jammerte ich. „Gestern Abend hab ich auch abgeräumt. Immer ich!" Und ich stand auch schnell auf. Als ich wegging, sah ich aber noch, dass Mama und Papa sich empört anschauten.

„Ach ja", rief Konny noch vom Flur. „Beim Adventskalender übrigens nicht wieder so viele Buntstifte, ja? Und eine Zahnbürste bringt's irgendwie auch nicht."

„Und ich", sagte ich, „das wisst ihr ja schon lang: Ich mag ja Gummibärchen lieber als Schokolade. Die Schokowaffeln mag ich nämlich gar nicht!" (Letztes Mal habe ich die nämlich Konny geschenkt.) „Und außerdem …"

„Jetzt reicht's aber!", schrie Mama auf einmal. „Ihr habt wohl einen Sockenschuss! Wenn das so ist, gibt es gar nichts!"

Ups …

„Keinen Adventskalender?", fragte Konny vorsichtig.

„Ihr wollt überhaupt nichts helfen, und dann wollt ihr immer noch mehr kriegen, kriegen, kriegen. Das geht nicht!" Mama haute auf den Tisch. „Und jedes Jahr machen wir uns so viel Mühe, Papa und ich, und dann nörgelt ihr auch noch rum! Tja! Wir können das leichter haben! Und mein Chef freut sich bestimmt, wenn ich heute zum Arbeiten komme."

„Mir egal", sagte Konny.

Da wurde mir plötzlich ganz warm und ich merkte, wie mir Tränen in die Augen stiegen. Weihnachtszeit ohne Adventskalender – das ging doch gar nicht! Wie sollte das nur werden?

„Mama!", weinte ich. „Entschuldigung! Ich wollte doch nur sagen..."

„Das hättest du dir mal vorher überlegen können, Malin", sagte Papa. „Wir haben beide viel zu tun und ihr seid so undankbar. Macht euch doch selber einen Adventskalender!"

„Das geht nicht! Dann ist es ja keine Überraschung mehr!"

Da leuchtete Mamas Gesicht plötzlich auf. „Das ist ja eine Spitzenidee", sagte sie. „Ihr könntet euch doch gegenseitig Adventskalender machen, Konny und du."

„Mamaa", jammerte ich. „Das geht nicht. Wir haben nicht so viel Geld."

„Geld kann ich euch geben. Jeder kriegt 15 Euro und kann damit kleine Sachen und Süßis kaufen und für den anderen einpacken. Und wenn es nicht reicht, könnt ihr einen Witz abschreiben oder ein Rätsel aus der Zeitung ausschneiden."

Konny schüttelte den Kopf. „Nö! Kein' Bock, für die Malin so was zu machen. Ich geh lieber kicken."

„Überlegt es euch", sagte Mama. „Ich lege euch das Geld hier hin. Aber ihr dürft es nur nehmen, wenn ihr die Adventskalender damit macht." Und dann zog sie ihren Mantel an und ging tatsächlich in die Buchhandlung zum Arbeiten.

Obwohl es erst morgens war, fühlte ich mich ganz müde und schwach. Irgendwie konnte ich gar nicht richtig glauben, was da gerade passiert war. Konnte das wirklich sein? Hatte Mama gesagt, dass wir keine Adventskalender kriegten? Ich warf mich aufs Bett, aber ich konnte nicht mal richtig weinen. Meine Augen brannten, weil ich an die Decke starrte und vergaß zu blinzeln.

Konny kam mit seinem Fußballrucksack an meinem Zimmer vorbei. „He, ist doch nicht so schlimm. Wir könnten uns von dem Geld zwei Schoko-Adventskalender vom Supermarkt kaufen", sagte er.

Aber ich mochte Schokolade gar nicht so gern. Außerdem war das nicht das Gleiche wie die spannenden Säckchen. Also schüttelte ich den Kopf.

„Ich geh", rief Konny von der Wohnungstür her.

„Konny!", rief ich. „Bitte! Können wir nicht probieren, uns gegenseitig Adventskalender zu machen? Bi-tte!"

Aber Konny war schon weg.

Ziemlich lange lag ich noch da. Zuerst dachte ich, wie blöd von Mama, wie blöd von Papa, wie blöd von Konny. Und ich wollte schreien und gegen die Wand treten. Dann dachte ich, es gibt keine andere Möglichkeit, als so einen doofen Adventskalender im Supermarkt zu kaufen. Und zum Schluss dachte ich, weil ich ja sowieso nichts zu tun hatte, konnte ich genauso gut probieren, für Konny einen Adventskalender zu machen. Eigentlich hatte er es nicht verdient. Aber irgendwie wollte ich Mama zeigen, dass das kein großes Problem ist und man seine Kinder nicht so enttäuschen darf.

Also rappelte ich mich hoch. Ich ging zu Papa ins Arbeitszimmer und fragte ihn, was man in Adventskalender so reintun kann. Eine kleine Liste hatte ich schon gemacht. Papa sagte noch ein paar Sachen und dann stand das auf der Liste:

Bleistift

Radiergummi

Spitzer

Gelstift

Zahnbürste (wollte Konny aber ja nicht)

Duschgel

Flummiball

Fußballbilder

Sticker

Armbändchen (musste natürlich ein cooles sein)

Badewasserfarben

Luftballon

Zeitschrift (aber die ist teuer, sagte Papa)

kleiner Block

Süßis, Süßis, Süßis

Und ich erinnerte mich, dass Mama von Witzen und Rätseln gesprochen hatte. Das konnte ich auch noch probieren und das kostete ja kein Geld.

Ich zog los. Beim Schreibwarenladen kaufte ich zuerst ein. Und ich hatte Glück: Frau Munzke hatte schöne neue Bleistifte und sogar einen tollen Spitzer von der Marke, die Konny so cool findet (davon hat er auch Schuhe).

Dann ging ich zum Supermarkt. Ich rechnete bei allem, was ich kaufte, mit und ging dann zur Kasse, als ich dachte, jetzt ist das Geld aufgebraucht. Und tatsächlich bekam ich nur noch 10 Cent raus. (Puh, wie knapp!) Dafür kaufte ich dann bei Frau Munzke auf dem Rückweg schnell noch eine saure Gummischlange.

Ich bat Papa, mir die Adventskalender-Säckchen zu geben. Konnys haben blaue Zahlen (meine haben rote).

Ich legte sie auf den Boden vor mich, Nummer 1 bis Nummer 24. Dann fing ich an, die Sachen

davorzulegen. Damit nicht nur Süßis nacheinander rauskamen, musste ich mir ja überlegen, was ich wo reintun sollte. Das fing an, mir Spaß zu machen. Das machte sogar richtig viel Spaß! Dann zählte ich, wie viele Sachen ich hatte. Es waren 19 Sachen. Also brauchte ich noch ... Genau. 5.

Das Säckchen Nr. 6 war noch frei. Und am 6. ist Nikolaus, das weiß ja jeder. Mir fiel ein, dass wir ein lustiges Nikolausgedicht in der Schule gelesen hatten. Das suchte ich aus meinem Lesebuch raus. Ich schrieb es ab und malte noch einen lustigen Nikolaus drauf. Ich faltete es wie einen Briefumschlag. Und da hatte ich schon 20 Sachen.

Einen lustigen Witz wusste ich auch. Den schrieb ich auch auf einen Zettel.

21 Sachen! Ich schlich ins Wohnzimmer. Weil ich nicht wusste, ob Konny schon wieder da war, machte ich meine Zimmertür gleich wieder hinter mir zu. Denn alle Sachen lagen ja da auf dem Boden vor den Säckchen!

In der Zeitung fand ich ein Rätsel. Ein Sudoku, das ist was mit Zahlen und mit Rechnen, und manchmal macht Konny das gerne. Ich schnitt es aus und ging wieder zurück in mein Zimmer. Wie aufregend! Jetzt hatte ich – habt ihr mitgerechnet? Genau. 22 Sachen.

Und nun? Jetzt war ich ratlos. Mir fiel nichts mehr ein. Nichts! Sogar überhaupt gar nichts.

„Wenn Konny nachher kommt, muss er als Allererstes sein Zimmer aufräumen!", hörte ich da Papa aus Konnys Zimmer rufen. (Keine Ahnung, mit wem er sprach. Aber er redet oft vor sich hin, wenn er sich ärgert.) „Und wahrscheinlich sind auch seine Fußballschuhe wieder dreckig. Die muss er putzen!"

Danke, Papa! Danke, danke, danke! Ich machte einen kleinen Luftsprung. Warum? Na klar! Er hatte mich auf zwei tolle Ideen gebracht. Ich holte wieder mein Mäppchen und schrieb und malte zwei Gutscheine:

Und nun hatte ich alle 24 Füllungen! Es machte so viel Spaß, so, so, so viel Spaß, einen Adventskalender zu basteln, das kann ich euch sagen!

Als ich alle Sachen vor die Säckchen gelegt hatte, setzte ich mich auf das Bett und schaute sie an. Das war toll! Ich war stolz. Und ich freute mich.

Jetzt mussten die Säckchen gefüllt und zugebunden werden. Auch das machte Spaß, jedenfalls am Anfang. Am Schluss hatte ich dann aber von Schleifen eine Weile genug. Und dann hängte ich die Säckchen noch an den Stock, den mir Papa auch gleich gegeben hatte.

Zwei Mal hüpfte ich in meinem Zimmer im Kreis. Immer um den Adventskalender herum. Wenn es noch mehr Säckchen und Geld gegeben hätte, ich hätte sofort noch mehr Adventskalender gemacht.

Aber Moment mal! Wer sagt denn, dass man dazu Säckchen und Geld braucht?

Mama liebt ja sowieso selbst gemachte Sachen viel mehr als gekaufte. Und bei den selbst gemachten liebt sie die, die nicht so perfekt sind, am meisten. Also male ich immer ohne Lineal und so.

Und dann dachte ich mir aus, dass ich doch für Mama und Papa einen Adventskalender machen konnte, in dem lauter selbst gemachte Sachen drin waren.

In diesem Moment klingelte es. Es war Sarah.

„Wollen wir was spielen?", fragte sie.

„Keine Zeit", sagte ich.

„Wieso?"

Ich flüsterte ihr meine Idee mit dem Adventskalender für meine Eltern ins Ohr.

„Darf ich mitmachen? Ich könnte einen für Papa machen. Dann ist er vielleicht nicht so traurig, wenn wir an Weihnachten nicht da sind."

Das war ja wirklich eine gute Idee! Und natürlich macht so was zu zweit mehr Spaß, weil man so auf viel mehr Ideen kommt!

Ich gab Papa den Adventskalender für Konny, damit er ihn im Flur aufhängt. Papa lobte mich sehr und sagte, was für ein tolles Mädchen ich bin.

Dann machten Sarah und ich meine Zimmertür wieder zu und wir legten los.

Weil ich es immer so gut finde, dass Mama Listen macht, mache ich auch oft Listen. Und jetzt schrieb ich unsere Ideen wieder auf eine Liste:

Bilder

Gutscheine (Tisch abräumen, Flötenkonzert, Spülmaschine ausräumen, Müll runterbringen)

Nikolausgedicht

Strohhalmmännchen

gefaltete Weihnachtssterne

Witze

Weihnachtskugel aus einer Serviette

kleine Weihnachtsgeschichte

Und dann saßen wir sehr lange da und malten, schrieben und bastelten. Es machte ja nichts aus, dass aus Achims Adventskalender dieselben Sachen rauskamen wie aus Mamas und Papas, denn das sahen die Eltern ja nicht.

Als wir fertig waren, taten uns die Finger und die Hände weh. Aber wir waren sehr glücklich. Jeder hatte 24 Sachen gemacht. Das ist echt viel, 24 Sachen! Ich ging wieder ins Wohnzimmer und holte alte Zeitungen. In die packten wir alles einzeln ein und schrieben mit einem dicken Wachsstift die Zahlen drauf. Wir machten Wollfäden dran fest und banden die Päckchen zusammen.

Juchhu! Ich hatte an diesem Tag zwei Adventskalender gemacht! Vielleicht kann ich Adventskalender-Macher werden, wenn ich groß bin? Ob das ein Beruf ist? Das wäre doppelt toll, denn dann hat man im Sommer immer frei, weil, da werden ja keine Adventskalender gebraucht!

Mama und Konny kamen gleichzeitig zur Tür rein, als ich gerade den zweiten Adventskalender aufhängte.

„Ohaa!", sagte Konny.

Und „Na, so was!", sagte Mama.

Als ich am Abend ins Bett ging, war ich sehr glücklich. Kurz dachte ich, es ist schade, dass ich für Konny einen Adventskalender hatte und er für mich nicht. Aber was verschenken ist eigentlich noch toller, als was selber geschenkt kriegen, finde ich.

Gerade wollte ich einschlafen, da hörte ich es draußen im Flur rascheln und tuscheln.

Ich schlich zur Zimmertür und guckte vorsichtig durch den Türspalt. Und da standen Konny und Mama und hängten etwas an die Wand: einen langen Stock mit weißen Säckchen dran. Und auf diesen Säckchen waren – juchhu – rote Zahlen!

8. Der Plätzchen-Oma-Kilgus-Café-Tag

„Zeit, Plätzchen zu backen!", rief Mama eines Morgens.

Wir saßen beim Frühstück und Konny packte schon seine Schultasche.

„Tja, das wäre schön! Nur schade, dass wir Kinder ja manchmal zur Schule müssen!" Er schüttelte den Kopf. „Musst du denn nicht arbeiten?"

„Doch. Aber in der Mittagspause könnten wir schnell eine Runde backen. Wie wäre das?"

„Eine Schnellbackrunde? Ohaa! Schon cool, dann kann ich noch zum Fußballtraining", überlegte Konny.

„Ooch, nöö!", sagte ich. Ich finde es immer so gemütlich, Weihnachtsplätzchen zu backen. Aber da will ich es natürlich nicht so schnell-schnell machen!

„Aber es ist wenigstens mal ein Anfang", sagte Papa. „Und dann haben wir endlich ein paar Plätzchen! Ich würde mich freuen!", grinste er. (Papa mag Süßes.)

„Mach du doch mit", neckte Mama ihn. (Sie weiß genau, dass Papa nicht gern kocht und backt. Wenn er Plätzchen machen müsste, würden sie bestimmt sehr lustig aussehen!)

Jedenfalls machte Mama noch vor der Arbeit einen Teig und legte ihn auf den Küchenbalkon.

Am Mittag brachte sie uns Döner mit, damit wir schnell essen konnten. Und während wir da saßen und aßen (mir fielen dauernd die Tomaten und Fleischstücke aus dem Brot), legte Mama alles bereit: Wellholz, Förmchen zum Ausstechen, den Teig, Backbleche, Backpapier, Mehl.

„Jetzt haben wir eine Stunde", sagte sie und guckte auf die Uhr. „Länger haltet ihr es wahrscheinlich sowieso nicht aus in der Küche."

Wir legten los. Zuerst stritten wir uns um die Förmchen, Konny und ich. Es gibt ganz alte, sehr hübsche: Hirten und eine Katze und ganz besondere Sterne. Die haben früher meiner Oma Ingrid gehört, die schon gestorben ist. Und dann gibt es ganz neue, aber die sind ein bisschen langweiliger.

Konny schubste mich sogar vom Hocker runter (auf dem stand ich, damit ich besser auf die Arbeitsplatte gucken konnte). Wir schrien uns an, bis Mama sagte, sie packt den Teig wieder weg, wenn wir nicht aufhören. Und überhaupt konnten wir doch die Förmchen beide benutzen. Das stimmte natürlich. Man braucht die Förmchen ja immer nur kurz. Dann stritten wir uns noch um den Teig, nämlich wer mehr hat. Aber schließlich fingen wir doch noch an.

Es machte total viel Spaß! Das Ausrollen ist nicht ganz einfach, mal klebt der Teig am Wellholz, mal wird er zu dick oder zu dünn. Aber schließlich klappte es.

Mama pinselte unsere fertigen Plätzchen mit Eigelb an und wir durften noch Hagelzucker und Mandeln und Zuckerperlen drauf streuen. Immer 10 Minuten musste ein Blech im Ofen bleiben.

Und wirklich, in einer Stunde kriegten wir fast alles fertig.

Wie hübsch sie aussahen! Und ich glaube, es gibt nicht viele Sachen, die so lecker schmecken wie frische warme Plätzchen.

Mama zog sich an und wollte lossausen zur Buchhandlung.

Da wurde ich wütend. Ich war gerade so in Schwung und wollte unbedingt noch weiterbacken!

„Gar nicht!", schrie ich. „Gar nicht halte ich es nur eine Stunde aus. Ich will noch mehr backen!"

Genervt nahm Mama mich am Arm und schob mich in mein Zimmer. „Du kannst hier drin weiterschreien, ja? Papa arbeitet, da ist er sicher nicht begeistert von deinem Gebrüll."

So ein Mist. So ein Mist, Mist, Mist! Ich hatte gar nichts mehr vor an diesem Nachmittag, ich hatte wahnsinnig Lust zu backen und ich konnte nicht! Mit schlechter Laune setzte ich mich aufs Fensterbrett und schaute raus.

Unten vor dem Haus lief Frau Kepler vorbei. In letzter Zeit ging sie öfter zum Arzt, das hatte Oma Kilgus mir erzählt.

Und plötzlich fiel mir was ein. Natürlich!

Wen frage ich, wenn ich was backen will und Mama kann nicht? Oma Kilgus! Früher ging das besser, weil Oma Kilgus jetzt schon sehr schlecht sieht und manche Sachen auch nicht mehr so genau weiß. Ich glaube, sie erinnert sich gar nicht mehr an meinen Namen, weil sie oft „kleines Fräulein" sagt.

Aber sie freut sich immer, wenn man sie was fragt.

„Das duftet!", schnupperte sie, als ich klingelte und sie die Tür aufmachte.

„Wir haben gebacken!", sagte ich stolz. „Und ... und jetzt will ich noch mehr backen, aber Mama ist weg. Hilfst du mir, Oma Kilgus?"

Sie lächelte. „Plätzchen backen, das hab ich immer gern gemacht. Und ich glaube, ich kann es auch noch. Haben wir denn alle Zutaten?" Sie tappte einfach aus ihrer Wohnung raus und in unsere hinein. Ich zog rasch ihre Wohnungstür ein bisschen zu.

Wir hatten natürlich nicht alle Zutaten. Ich machte eine Liste. Es kam mir ziemlich viel vor (zum Beispiel 20 Eier), aber Oma Kilgus war sich ganz sicher. Ich holte die Sachen schnell aus dem Supermarkt. Das kann ich. Weil, ich war schon mal im Supermarkt alleine einkaufen. Und Oma Kilgus hatte ja wie immer nur ihr Nachthemd an. Geld gab mir Papa, er war so beschäftigt, dass er gar nicht richtig merkte, was ich wollte.

Und dann ging es los. Ich glaube, Oma Kilgus hat wirklich schon oft Plätzchen gebacken, denn es klappte alles total gut. Sie konnte sich auch an alles erinnern. Wir backten fünf Sorten Plätzchen!

Es gab einen Trick: Man konnte aus einem Teig gleich drei Sorten backen. Mit Marmelade konnte man eine Art Doppeldecker machen und mit Kakao zweifarbige Kekse, aber der Teig war derselbe wie für die Butterplätzchen. Ist das nicht cool? Ich schreibe euch das Rezept dafür auf. Schaut hinten im Buch. Oma Kilgus holte für die Marmeladen-Doppeldecker extra noch ihre eigenen alten Blümchenformen. Die waren so hübsch! Es waren zwei und eine war ein bisschen größer als die andere. Ich schaute sie immer wieder an.

Später machten wir noch Kokosmakronen und Haselnusshäufchen. Das geht mit Eischnee. Dazu rührt man Eiweiß so lange mit dem Rührgerät,

bis man die Schüssel umdrehen kann und trotzdem läuft nichts raus.

„Zauberei!", lächelte Oma Kilgus.

Natürlich dauerte das alles ganz schön lange. Nach zwei Stunden war ich ziemlich müde.

„Aber nein, keine Müdigkeit vorschützen!", sagte Oma Kilgus.

Ich guckte sie verwundert an. So fit war sie plötzlich! Und sie ist doch schon so alt!

Sie lachte. „Wir sind ja bald fertig, kleines Fräulein."

Und schließlich zog ich das letzte Blech aus dem Ofen. Wir schauten uns um. Die ganze Küche war voller Plätzchen! Auf großen Tellern lagen welche, auf Platten und in Dosen waren sie gestapelt. Aber es waren so viele, dass wir nicht wussten, wo wir die letzten Kekse vom Blech noch hintun sollten.

„Ohaa! Wow!", sagte Konny. Er stand da in Helm, Trainingsanzug und Fußballschuhen und war gerade reingekommen.

„Du liebe Zeit!", sagte jetzt auch Papa. „Backt ihr für den ganzen Valentinsplatz?"

Oma Kilgus kicherte. „Meine Familie war früher ziemlich groß", sagte sie. „Ich habe immer für ganz viele gebacken."

„Das sieht man", sagte Papa.

„Wir wissen nicht, wohin mit den restlichen Plätzchen", sagte ich.

„Kein Problem", sagte Konny und schob sich gleich zwei auf einmal in den Mund.

„Jetzt müssen wir noch aufräumen", sagte Oma Kilgus. Sie war auch müde geworden und saß auf unserem alten Küchenhocker.

„Das kann ich machen, Frau Kilgus", schlug Papa vor. „Wie wäre es denn, wenn Malin Sie zur Belohnung auf einen Kaffee einlädt, bei der Konditorei um die Ecke?" Er gab mir Geld und sagte noch, ich dürfte mir dort auch einen Kakao bestellen.

Das ist ja das Tolle an der Stadt! Es gibt so viele Sachen, sogar ein Café gibt es bei uns in der Nähe. Die haben auch schöne Kuchen.

Oma Kilgus freute sich riesig. Sie zog sich was Richtiges an und kurz darauf standen wir beide vor der Theke und schauten, was es alles gab. Und obwohl der süße Teig mir fast schon zu den Ohren rauskam, machte es riesig Spaß, die Leckereien anzuschauen.

„Schau mal!", rief ich. „Die haben Plätzchen!"

„Oh ja, und wie teuer die sind", meinte Oma Kilgus. Das stimmte wirklich: Auf einer ganz kleinen Tüte mit Plätzchen stand, dass sie 4 Euro 95 kosten sollte. Das waren fast 5 Euro!

„Da haben wir ja einen richtigen Schatz in der Küche!", jubelte ich.

„Wenn eure Männer den nicht schon aufgefuttert haben", lachte Oma Kilgus. „So war es bei uns früher immer. Kaum waren die Plätzchen gebacken, da waren sie auch schon fast wieder weg."

Ich hörte Oma Kilgus gar nicht mehr richtig zu. Plätzchen im Café, war das nicht toll? Gerade sah ich, wie eine fein aussehende Dame zu ihrem Tee einen Teller Plätzchen hingestellt kriegte.

Und da kam mir eine Idee. Könnt ihr erraten, was für eine? Na klar! Sonnenklar wie Kloßbrühe, würde Mama sagen.

Ich wollte natürlich ein Café machen! Selber! Eins aufmachen! Während ich mit Oma Kilgus an so einem winzigen runden Tischchen saß, guckte ich mir alles ganz genau an. Wie man ein Café macht. Was alles dazugehört. Es waren viele kleine Sachen: weiße Schürzen für die Kellnerinnen, Tabletts, Tassen, Teller, Zuckerdosen und Milchkännchen, Blumensträuße auf dem Tisch ... Aber schwierig war es eigentlich nicht. Das konnte was werden!

Ich trank einen Kakao (in feinen Cafés heißt das „heiße Schokolade") mit Sahne – lecker, lecker, li-la-lecker! Und Oma Kilgus trank einen Tee mit Rum. Das ist Alkohol, aber nur ein bisschen, und Oma Kilgus zwinkerte mir zu, als sie ihn bekam.

„Gepäck will ich keins", hörte ich sie plötzlich sagen.

Hm? Gepäck im Café? Was sollte man damit? Übernachten wollten wir hier ja wohl nicht? Oma Kilgus ist ja manchmal ein bisschen verwirrt. Oje, was sollte ich bloß machen, wenn Oma Kilgus jetzt verwirrt wurde?

„Wieso Gepäck?", fragte ich also vorsichtig und schaute sie an.

Sie kicherte. „Ge-bäck! Gebackenes, kleines Fräulein!"

„Ach so", lachte ich. Ich war erleichtert. Gebäck! So wollte ich die Plätzchen in meinem Café auch nennen: Gebäck! Das hörte sich toll an.

Das Bezahlen war auch noch ein bisschen aufregend, weil ich natürlich noch nie im Café was bezahlt hatte. Aber es ist eigentlich auch nicht anders als irgendwo an der Kasse. Außer, dass man sagen muss, wann man bezahlen will.

Als wir wieder rauskamen, lief Oma Kilgus sofort los. Aber in die falsche Richtung! Ich rannte ihr hinterher und hielt sie fest.

„Wir müssen doch da lang, Oma Kilgus!", sagte ich.

Sie schaute sich verwirrt um. „Du hast recht, kleines Fräulein." Traurig sagte sie: „So ist es, wenn man alt wird. Was ist wohl überhaupt noch drin in diesem alten Kopf?" Und sie klopfte sich an die Stirn.

„Da ist doch noch viel drin, Oma Kilgus", tröstete ich sie. „Zum Beispiel die tollen Plätzchenrezepte." Und ich hakte sie unter und ganz langsam gingen wir so zusammen nach Hause.

Vor unseren Wohnungstüren verabschiedeten wir uns. Ich holte noch die beiden hübschen Förmchen von den Marmeladenkeksen aus unserer Küche. (Obwohl ich sie auch gerne behalten hätte.)

Da kam Mama mit raus ins Treppenhaus.

„Frau Kilgus, ich habe gesehen, was Sie mit Malin alles gebacken haben. Hut ab! Das könnte ich nie! Vielen Dank!"

Sie überreichte Oma Kilgus eine große Schale mit Plätzchen.

Und Oma Kilgus lächelte. Aber ich glaube, sie lächelte nicht, weil sie sich so über die Plätzchen freute. Sondern weil Mama gesagt hatte, wie toll wir das gemacht haben.

Sie winkte und dann wackelte sie in ihre Wohnung. Frau Kepler war auch da und nickte uns zu. Gar nicht mal so unfreundlich. Ob das wohl an den Plätzchen lag? Denn die guckte sie gleich ganz neugierig an.

Und ich? Ich sauste sofort in mein Zimmer und begann, einen Plan zu machen.

Für was wohl? Ist doch klar! Für mein eigenes Café!

9. Ganz zwischendurch und schnell

Was ich euch noch erzählen wollte:

Über meinen Adventskalender haben sich Mama und Papa wahnsinnig gefreut.

Die Plätzchen von mir und Oma Kilgus schmecken gut.

Dem Wurstheimer hab ich einen gebastelten Stern gebracht. Er hat sich aber gar nicht so darüber gefreut. Jedenfalls hat er nur kurz aus dem Türspalt geschaut und eine Flasche Bier in der Hand gehabt.
Das fand ich doof. Aber vielleicht freut er sich trotzdem irgendwie.

Das, was Konny und Mama neulich am Abend noch aufgehängt haben, war wirklich ein Adventskalender. Für mich! Den hatte Konny am Abend noch schnell mit Mama gemacht. Mama hatte nämlich schon ein paar Sachen für mich. Für Mädchen findet man schneller etwas als für Jungen, sagte Mama.

Und Konny motzt nie, wenn er die Sachen von mir aus seinen Säckchen holt. Er findet alles gut, glaube ich. Und das macht mich dann auch immer froh. Da kann man sich gleich doppelt freuen!

Papa hat Achim für Weihnachten eingeladen. Achim hat gesagt, das ist nett, aber er geht mit ein paar Kumpels aus, die auch allein sind. Und dann ist es ja auch gut.

10. Der Konzert-hinter-dem-Vorhang-Tag

Unsere Lehrerin, Frau … jetzt lacht ihr gleich, aber sie heißt wirklich so, also … Frau Dünnbein-Wollensack, hat mit uns Weihnachtslieder eingeübt. Alle Kinder, die ein Instrument spielen können, sollten mitmachen. Sie hat vor ein paar Wochen gefragt, wer welches Instrument kann. Ich kann Flöte. Noah kann ein Instrument, das so ähnlich aussieht wie eine sehr schöne und wahnsinnig laute Trompete, aber anders heißt, ich hab vergessen, wie. Clara kann auch Flöte und Jan hat sich gemeldet und gesagt, dass er Schlagzeug kann.

„Schlagzeug?", hat Frau Dünnbein-Wollensack gefragt.

Jan hat genickt.

Ich konnte richtig sehen, dass Frau Dünnbein-Wollensack sehr scharf nachgedacht hat, wie sie mit zwei Flöten, einem sehr lauten Blasinstrument und einem Schlagzeug das Lied „Kling, Glöckchen, klingelingeling" einüben konnte. Das sollte nämlich das erste Stück sein.

„Hm", sagte sie. Ein paar Mal sagte sie das sogar. „Hm, hm, hm."

Dann hat sie noch andere Kinder in anderen Klassen gefragt. Und am Ende war es so, dass noch ziemlich viele Flöten dazukamen. Meine Kusine Sarah aus der Vierten war auch dabei.

Jan sollte nicht sein ganzes Schlagzeug mitbringen, sondern er sollte nur Triangel, Klangstäbe und Schellen spielen. Das fand Jan zwar blöd, aber er machte trotzdem mit.

Ich freute mich, weil ich Jan mag. Jan mag mich auch, glaube ich. Jedenfalls hat er uns aus Büroklammern schon mal Eheringe gemacht. Und wir sind eine Pause lang damit rumgelaufen.

„Kling, Glöckchen" hat Frau Dünnbein-Wollensack dann weggelassen und wir haben einige andere Lieder eingeübt. Zuerst habe ich überhaupt nicht erkennen können, dass es überhaupt ein Lied ist, was wir da spielen, aber nach ein paarmal üben hat man dann meistens sogar erkannt, welches Lied wir spielten.

Das Eingeübte wollten wir zwei Mal aufführen: einmal bei den alten Leuten im Altersheim und einmal im Kindergarten. Das Altersheim war zuerst dran.

Die haben dort eine richtige Bühne, mit Vorhang. Und es ist ein ziemlich großes Altersheim mit ganz vielen alten Leuten.

Ich, Clara und Sarah waren ziemlich aufgeregt. (Okay, okay, es heißt Clara, Sarah und ich, denn: Nur der Esel nennt sich immer zuerst. I-aah.)

Ich überlegte ganz lange, was ich anziehen sollte. Einen Rock? Ein Kleid? Manche Mädchen machten sich extra geflochtene Frisuren und so. Sollte ich das auch machen?

Puuh! Plötzlich hatte ich gar keine große Lust mehr hinzugehen.

Aber Mama sagte, dass ich doch unbedingt mitspielen soll. Weil ein Star auch mal üben muss. (Ich will doch später vielleicht mal Star werden.) Und Opa und Gisela kommen auch extra, um zuzuschauen. (Gisela ist Opas Frau.)

Also zog ich mein Kleid an mit der weißen Bluse und die weiße Strumpfhose und kämmte mich ganz schön. Papa brachte Clara, Sarah und mich hin.

Wir versammelten uns auf der Bühne hinter dem Vorhang und warteten gespannt. Ab und zu linste einer von uns durch den Spalt ins Publikum. Hui, das waren ziemlich viele Leute!

Frau Dünnbein-Wollensack war total aufgeregt und hüpfte zwischen uns rum. Sie zippelte mal hier was zurecht, mal da. Und rückte die Notenständer ein bisschen vor und dann wieder ein bisschen zurück. Clara schüttelte den Kopf.

Endlich trat die Lehrerin vor den Vorhang und wir hörten sie sagen: „Meine sehr verehrten Damen und Herren. Die Grundschulkinder haben für Sie einige Weihnachtslieder eingeübt. Sie sind sehr aufgeregt und freuen sich, dass sie vor Ihnen spielen dürfen. Wenn Sie möchten, dürfen Sie natürlich gerne mitsingen. Und jetzt: Vorhang auf!"

Das stimmte aber gar nicht, dass wir sehr aufgeregt waren. Ein bisschen höchstens. Na ja.

Dann zog sie den Vorhang auf. Aber ... nicht weit genug! Clara und ich konnten überhaupt nichts sehen. Vor allem ich nicht. Denn ich stand ganz, ganz außen am Rand. Die Leute wurden schon sehr still, weil es ja gleich losgehen sollte. Mist, Mist, Mist! Was sollte ich machen?

Ich flüsterte Frau Dünnbein-Wollensack zu, dass sie den Vorhang weiter aufmachen soll. Aber sie wedelte einfach mit der Hand und zählte dann auf vier, damit wir anfingen.

Wie blöd! Ich sollte hinter dem Vorhang stehen? Ich ärgerte mich so, dass ich überhaupt nicht gut flötete.

Aber das machte gar nichts. Ich war nicht die Einzige, die nicht gut spielte. Keiner von uns guckte die Lehrerin so richtig an, deshalb fingen nicht alle gleichzeitig an und es gab ein totales Durcheinander.

Die alten Leute hatten auch schon angefangen zu singen, wussten aber gar nicht so richtig, welches Lied wir spielten, also welches sie singen sollten. Und sie hörten dann nach und nach wieder auf. Nur ein Mann sang noch weiter. Alle lachten. Frau Dünnbein-Wollensack lachte nicht. Sie ärgerte sich. Wir guckten sie an.

„Ähm, gut. Also. Wir beginnen noch mal von vorn", sagte sie. „Das Lied heißt übrigens ‚Morgen, Kinder, wird's was geben'. Und Noah, dein Instrument kommt erst beim nächsten Stück dran. Ja?"

Noah antwortete nicht, sondern spielte stattdessen einen langen, tiefen Ton aus seiner großen Trompete. Tröööt!

Jetzt mussten wir alle lachen und die alten Leute waren schon sehr vergnügt. Ich weiß nicht, warum Frau Dünnbein-

Wollensack das blöd fand. Aber sie fand es blöd, das konnte man ihr deutlich ansehen.

„Jetzt schaut mal alle her und konzentriert euch!", zischte sie und guckte uns ganz grimmig an.

Jan machte „Pling!" auf seinem Glockenspiel. „Entschuldigung!", sagte er schnell. „Das war aus Versehen!"

Die alten Leute kicherten wieder.

„Pssst!", zischte unsere Lehrerin und zählte.

Und dieses Mal klappte es etwas besser. Wir spielten los und man konnte das Lied ganz gut erkennen.

Trotzdem ärgerte ich mich immer noch, und ich versuchte immer, hinter dem Vorhang hervorzugucken, um nach Opa und Gisela zu suchen. Dabei stieß ich dann ein bisschen gegen Jan. Und Jan stand in diesem Moment gerade auf einem Bein. (Warum stand er eigentlich auf einem Bein?) Und da fiel er um. Er krachte direkt auf das Tischchen, wo das Glockenspiel drauf lag. Alles polterte zu Boden und es gab ein Riesengetöse.

Ich legte schnell meine Flöte weg und half Jan, seine ganzen Instrumente wieder einzusammeln. Die anderen guckten zu uns herüber, spielten aber so lange noch ein bisschen weiter. Jan war zum Glück gar nicht böse. Ist er eigentlich nie. Das ist das Tolle an ihm.

Die alten Leute lachten inzwischen richtig laut und klopften sich auf die Schenkel. Eine Frau wischte sich mit ihrem hübschen Taschentüchlein sogar Tränen vom Gesicht.

Frau Dünnbein-Wollensack guckte mich sehr böse an und sagte ganz laut: „Malin! Was soll denn das? Du verdirbst uns ja alles!"

Mir blieb der Mund offen stehen vor Überraschung. Und dann wurde ich wütend. War das ungerecht! Ich verderbe alles? Keiner spielte richtig, das war doch nicht meine Schuld! Und mich stellte sie hinter den Vorhang, dass ich nichts sah und auch niemand mich sehen konnte.

Und überhaupt, ich hatte mich ja nur ein bisschen vorgebeugt. War das vielleicht meine Schuld?

„Jetzt guck nicht so und stell dich wieder an deinen Platz!", zischte sie.

Pah! Das machte ich natürlich nicht. Wenn sie den Platz so toll fand da hinter dem Vorhang, konnte sie sich ja selber dahin stellen.

„Na? Wird's bald?"

„Nö", schrie ich. „Ich will nicht hinter dem Vorhang stehen. Ich seh' ja die alten Leute gar nicht!"

Frau Dünnbein-Wollensack starrte mich an.

Ups! Durfte man das nicht sagen, „alte Leute"? Schreien durfte man wohl erst recht nicht. (Leider passiert mir das ja manchmal. Ich schreie los und kann nichts dagegen machen.) Aber die alten Leute fanden es wohl nicht schlimm, denn sie lachten schon wieder. Das war mir jetzt aber ein bisschen peinlich. Dass ich das auch nicht lassen konnte mit der Schreierei!

Frau Dünnbein-Wollensack stand jetzt nur noch da und sagte nichts mehr. Aber sie tat mir gar nicht leid. Sie war so ungerecht und überhaupt nicht nett zu mir.

Wie sollte es jetzt weitergehen? Wir guckten die Lehrerin an und die Lehrerin guckte in die Luft.

Endlich kam ein älterer Mann zu uns an die Bühne und sagte: „Ich glaube, wir ziehen einfach den Vorhang ein bisschen weiter auf. Dann ist der jungen Dame bestimmt geholfen. Und es wäre wirklich schade, wenn man nicht alle Kinder sehen könnte."

Frau Dünnbein-Wollensack hob matt ihre Hand und zählte wieder. Und dann spielten wir einfach nach und nach unsere Lieder.

Ich glaube, es ist ganz gut gewesen. Denn die alten Leute klatschten lange. Und der Mann, der den Vorhang aufgezogen hat, hat uns allen Schoko-Nikoläuse geschenkt. Das war nett.

Als Papa mich abholte, fragte er, wie es war. Ich zuckte mit den Schultern, denn ich wusste es nicht. War es gut? Oder schlecht?

„Natürlich war es gut! Sehr sogar!", sagte der Mann.

„Naa-ja!", sagte unsere Lehrerin unfreundlich und schaute mich dabei an.

Papa sah das. „Was war denn?", fragte er.

„Tja! Fragen Sie Ihre Tochter!"

Weil er mich so komisch anschaute, erzählte ich ihm alles. Und ich weinte dabei.

Aber manchmal ist Papa toll. Er ging zu Frau Dünnbein-Wollensack hin und sagte, dass es so ja auch nicht gehen kann. Dass wir so lange geübt und uns gefreut haben. Und dass es ja klar ist, dass kein Kind hinter dem Vorhang bleiben will. Ob sie das nicht versteht?

Ich habe nicht mehr mitgekriegt, was sie geantwortet hat.

Weil, erstens hat mir der Mann noch einen weiteren Schoko-Nikolaus gegeben. „Gut gegen die Tränen", hat er gelächelt. Und zweitens ist Jan mit seiner Mama vorbeigekommen und hat mir zugezwinkert. Das hat mich getröstet!

Als wir die Lieder dann am übernächsten Tag im Kindi noch mal spielen sollten, sagte ich zu unserer Lehrerin, dass ich nicht mitspiele.

„Aber du bist eine der besten Flötenstimmen!", sagte sie. „Wir brauchen dich!"

Ich sagte nichts.

Sie guckte mich eine Weile an. Und dann entschuldigte sie sich doch tatsächlich, dass sie bei den alten Leuten so unfreundlich zu mir gewesen war. Sie sagte: „Weißt du, ich war ziemlich nervös. Weil es erst mal nicht geklappt hat. Tut mir leid."

Und das war ja dann wieder gut von Frau Dünnbein-Wollensack. Denn Mama sagt immer, es ist nicht so schlimm, wenn man Fehler macht. Wenn man sich nur anschließend entschuldigen kann. Und viele Leute können das gar nicht, sagt sie.

Komisch, oder? Wieso soll man das nicht können? Geht doch ganz leicht: Entschuldigung! Entschuldigung! Entschuldigung! Okay, ich gebe zu, ich glaube, ich habe mich fürs Schreien auch noch nicht entschuldigt. So leicht ist es vielleicht doch nicht. Das mache ich aber gleich morgen.

11. Der Geheimnis-Paket-Nikolaus-Malin-Tag

Der Tag vor Nikolaus ist toll.

Unsere frühere Lehrerin hat uns oft die Geschichte erzählt, dass sie als Kind mal statt Äpfeln und Nüssen und den anderen Sachen, die es in ihrer Kindheit gab, nur Schuhputzzeug in ihrem Stiefel hatte. Die Arme! Ich glaube, das war schlimm für sie, denn sie hat es uns oft erzählt.

Der Nikolaus wollte ihr damit sagen, dass sie ihre Schuhe mal lieber putzen sollte, bevor sie ihm die rausstellt.

Also putze ich meine Stiefel immer schön, bevor ich sie am Abend für den Nikolaus rausstelle.

An diesem Tag ging ich mit meinen Stiefeln zu Ulbrichs hoch, zu meinen Kusinen Ida und Sarah, weil ich mit Sarah zusammen putzen wollte. Zu zweit machen viele Sachen nämlich mehr Spaß als alleine. Auch Schuhe putzen.

Als ich die Treppe hochstieg, rannte ein Paketbote an mir vorbei. Er kam vom dritten Stock, wo Ulbrichs und auch Marlene und Martin mit Niklas wohnen. Aber er hatte trotzdem noch ein Paket in der Hand. Er klingelte bei Ngamis.

„Können Sie das Paket für Kohnle-Eberwein annehmen?", fragte er Susanne, als die aufmachte. (Kohnle-Eberweins wohnen gegenüber von Ulbrichs, es ist die Familie mit dem kleinen Niklas.)

„Klar." Susanne unterschrieb auf dem kleinen Gerät des Paketmannes. Da dudelten plötzlich komische Piepstöne los. Susanne schaute den Mann an. „Ihr Handy klingelt, glaube ich."

Der Mann holte sein Handy aus der Tasche. „Nein", schüttelte er den Kopf.

Da waren die Töne wieder. Es war wie eine kleine Melodie. Und dann quakte auch was.

Susanne runzelte die Stirn.

„Ach, das meinen Sie", sagte der Paketbote. „Das ist das Paket! Den ganzen Tag ging das schon so in meinem Lieferwagen. Bin froh, dass ich es jetzt los bin."

„Ein quakendes Paket?"

Aus der Tür gegenüber von Ngamis kam ein junger Mann. „Bestimmt ist es 'ne Paketbombe", sagte er.

Susanne schaute das Paket entsetzt an.

„Quatsch", sagte der Paketmann. „Soll ich es oben vor die Tür legen?"

Susanne nickte und schloss nachdenklich die Tür. Ich sah gerade noch, wie Noah hinter ihr hervorguckte.

Ich wartete, bis der Paketbote das Paket abgelegt hatte. Dann ging ich zur Tür von Kohnle-Eberweins, kniete mich hin und legte mein Ohr an die Verpackung. Jetzt war es aber gerade ganz still. Aber als Sarah mir aufmachte, quakte das Paket hinter mir wieder los.

„Huch!", machte Sarah. „Was ist denn das?"

„Das ist das Paket dort", antwortete ich. (Ulbrichs wohnen in der Wohnung gegenüber von Kohnle-Eberweins.)

„Ein quakendes Paket?"

„Es kann auch Geräusche wie ein Handy machen", sagte ich. Und tatsächlich – in diesem Moment dödelte die Melodie los.

Sarah kicherte.

Noah kam jetzt auch die Treppe hoch. Er wollte schauen, was bei uns los war.

Es dauerte nicht lange, da war das Paket wieder still. Wir setzten uns hin und warteten eine Weile, bis es wieder losging.

„Der von gegenüber hat gesagt, eine Paketbombe", sagte Noah.

„Das ist doch gefährlich!", flüsterte Sarah.

„Aber wieso soll eine Bombe quaken?", überlegte ich.

Wir gingen zu Sarah rein und putzten erst mal unsere Stiefel. Noah kam mit, aber er ging zwischendurch immer wieder raus, um zu schauen, ob das Paket noch da war oder ob es vielleicht schon explodiert war.

„Das würden wir doch hören, wenn es explodiert", sagte Sarah. Und da hatte sie bestimmt recht.

Ich brachte meine Stiefel runter und stellte sie schon mal vor meine Zimmertür.

„Ich würde wirklich gerne wissen, was in dem Paket ist", sagte ich.

„Vielleicht ist es auch ein Geheimpaket", flüsterte Noah.

„Sehr geheim", lachte Sarah. „Ein Geheimpaket, das quakt und piepst!"

„Ein Geheimnis ist es auf jeden Fall", sagte ich. „Denn wir wissen ja nicht, was drin ist!"

„Bestimmt kommt Marlene gleich", sagte Sarah. „Um diese Zeit macht Niklas immer Mittagschlaf. Wir warten einfach hier."

Und so machten wir es. Wir setzten uns im Treppenhaus auf die Stufen, Sarah, Noah und ich.

Das Paket quakte immer mal wieder und jedes Mal mussten wir aufs Neue lachen. Noah sagte, er glaubt nicht mehr, dass es explodiert. Und wenn es doch explodiert, rennen wir einfach schnell die Treppe runter.

Ich wollte gerade sagen, dass wir so schnell vielleicht nicht rennen können, als Marlene mit Niklas die Treppe hochkam.

„Na, ihr drei, ist es euch nicht zu kalt hier? Und zu langweilig?", fragte sie.

„Wir haben auf euch gewartet", antwortete ich. „Ihr habt ein Paket bekommen."

„Ich sehe schon", sagte Marlene.

„Es quakt", sagte Sarah.

„Das Paket?" Marlene schaute Sarah ein bisschen komisch an.

„Und es piepst", nickte Sarah.

„Ähm. Aha." Man konnte sehen, dass sie das nicht glaubte.

Ich musste lachen. War es nicht komisch? Die ganze Zeit kamen Geräusche aus dem Paket, immer wieder, aber jetzt war es still.

„Ganz vielleicht könnte es eine Paketbombe sein", sagte Noah.

Marlene lachte. „Verstehe. Ihr spielt Geheimagenten oder so." Sie beugte sich hinunter und hob das Paket auf. Und in diesem Moment fing es endlich wieder an zu quaken!

„Da!", flüsterte Niklas und zeigte auf das Paket.

„Oho! Jetzt verstehe ich!", sagte Marlene verdutzt. „Mal sehen … Es kommt aus Frankreich."

„Aus Frankreich?" Noah war ganz aufgeregt. „Kennt ihr überhaupt jemanden in Frankreich?"

Marlene legte Noah beruhigend die Hand auf die Schulter. „Keine Sorge, Noah! Niklas' Opa wohnt in Frankreich. Bestimmt ist es von ihm."

„Trotzdem. Wir müssen vorsichtig sein, wenn wir es auspacken. Also, wenn Niklas es auspackt, meine ich", sagte Noah.

„Wollt ihr es denn gern auspacken?", fragte Marlene. „Für Niklas ist Auspacken noch nichts Besonderes."

Und so durften wir tatsächlich das Paket auspacken! Wir gingen zu den Kohnle-Eberweins in die Wohnung und setzten uns dort im Flur auf den Boden. Marlene setzte sich mit Niklas auf dem Schoß dazu.

Noah machte seine Arme ganz lang. Vielleicht, weil er immer noch dachte, es kann eine Bombe sein?

Als das Papier ab war, quakte es plötzlich nicht mehr. Wir schauten uns an. Die Stille kam uns jetzt doch komisch vor! War das spannend!

Noah öffnete ganz langsam die Schachtel und Sarah zog sehr vorsichtig zerknüllte Papierfetzen heraus. Das Erste, was wir sahen, waren zwei lange, gelbe Hasenohren. Und wenig später kam das ganze Ding zum Vorschein: Es war ein rotes Auto, in dem ein Hase saß und oben rausguckte. Eine kleine Fernbedienung war auch dabei.

Wir fingen an zu lachen. So ein Ding war das? Deswegen waren

wir vorhin so aufgeregt? Ein Plastikhase in
einem Auto!

Niklas lachte auch und streckte seine Ärmchen aus. Doch er
hörte gleich wieder damit auf. Denn plötzlich blinkte der Hase
und quakte wieder los. Und dann kam die Pieps-Melodie.

Niklas verkroch sich in Marlenes Armen und drehte sein Gesicht
weg. Bestimmt fing er gleich an zu weinen.

Wir anderen lachten immer noch.

„Da hast du deine Paketbombe!", kicherte Sarah.

„Ein Hase zu Nikolaus?", wunderte ich mich. „In Frankreich ist
ja wohl jetzt nicht Ostern, oder?"

Noah schaute sich die Fernbedienung an.

„Es kann fahren!", sagte er. Und er setzte das Auto auf den
Holzboden und drückte einen der drei Knöpfe.

Das Auto tuckerte los und der Hase quakte und blinkte.

Marlene schüttelte den Kopf. „Ist das doof", sagte sie.

„Aber Niklas gefällt es bestimmt", überlegte ich. „Niklas, schau
mal!"

Und Niklas schaute. Aber es gefiel ihm ganz und gar nicht!
Man konnte gleich sehen, dass er Angst vor dem Hasenauto
hatte. Er warf sich wieder in Marlenes Arme.

Wir anderen fanden es super. Und wir fanden etwas Lustiges
heraus: Wenn das Auto gegen eine Wand stieß, blieb es stehen,
der Hase quakte besonders laut und dann flog er in hohem
Bogen aus dem Auto heraus! Das war total witzig!

Wir sausten durch die Wohnung, immer dem Auto hinterher. Und Niklas lief oder krabbelte immer schnell weg, wenn der Hase um die Ecke bog.

„Ihr lieben Kinder", sagte Marlene, „Niklas sollte jetzt schlafen. Aber wenn ihr wollt, könnt ihr eure Paketbombe gerne mitnehmen und woanders damit spielen."

Das machten wir. Wir hatten viel Spaß mit der Hasen-Auto-Paketbombe, obwohl sie ja eigentlich für ganz kleine Kinder gedacht war.

Am Abend brachten wir das Ding Marlene zurück und dann ging jeder nach Hause. Wir wollten ja früh ins Bett gehen, und ich hatte mir wieder mal vorgenommen, wach zu bleiben, damit ich mitkriegte, wie meine Stiefel gefüllt wurden.

Aber zu Hause war es ein bisschen traurig.

Mama hatte das Abendessen früh fertig und sagte, sie muss gleich noch mal in die Buchhandlung. Es war so viel los an diesem Tag vor Nikolaus, dass ihr Chef gesagt hat, sie soll noch mal kommen. Bis acht hat der Laden offen. Dabei sah sie jetzt schon ganz müde aus.

Sie stellte alles für uns drei auf den Tisch, schob sich schnell ein halbes Käsebrot mit drei Bissen in den Mund und zog sich an.

„Tja, das ist mein Nikolaus", sagte sie. „Extra Arbeit. Aber immerhin besser, als wenn die Leute keine Bücher kaufen." Und dann ging sie.

Wie blöd für Mama! Ich überlegte, wie wir ihr eine Freude machen konnten. Nach dem Essen zog ich Konny in mein Zimmer und wir besprachen etwas.

Und nun gab es einen sehr wichtigen Grund, bis halb neun wach zu bleiben!

Wir legten alles bereit und warteten. Konny schlich immer wieder aus seinem Zimmer in meins herüber, um zu kontrollieren, ob ich nicht doch eingeschlafen war. Dann hätte er mich nämlich geweckt. Aber ich war viel zu aufgeregt, um einzuschlafen.

Endlich war es so weit. Wir hörten, wie Mama ihren Mantel auszog, ihre Tasche ablegte und im Wohnzimmer stöhnend aufs Sofa plumpste.

Leise ging ich zu unseren bereitgelegten Sachen. Konny kam auch herüber. Als Erstes nahm ich meinen Klebestift und ein bisschen Watte und klebte mir das weiße, weiche Zeug um den Mund herum. Dann zog ich Mamas weiße Plüschjacke an, die ich vorhin schon genommen hatte, setzte die rote Bommelmütze auf und nahm einen Kissenbezug wie einen Sack über die Schulter. Darin waren Nüsse, Mandarinen und zwei selbst gemalte Bilder.

Konny hatte ein rotes T-Shirt angezogen.

Okay, wir waren bestimmt nicht die besten und hübschesten Nikoläuse. Aber immerhin sahen wir ein bisschen so aus! Ich hatte ein ganz kribbeliges Gefühl im Bauch.

Mit großen Schritten stapften wir Richtung Wohnzimmer.

Als Mama und Papa uns hörten, sprangen sie auf und riefen ärgerlich: „Was ist denn jetzt schon wieder los? Wieso schlaft ihr denn immer noch nicht, hm?"

Oh! Ich hatte mich so auf diesen Moment gefreut! Und jetzt schimpften sie mit uns! Tränen schossen mir in die Augen. Mein Wattebart fiel ab und ich schmiss den Kissenbezug-Sack einfach auf den Boden. Dann drehte ich mich traurig um und wollte wieder in mein Zimmer gehen.

Erst jetzt sah Mama, was wir machen wollten. „Du liebe Zeit!", rief sie. „Malin! Konny! Entschuldigung! Ich dachte nur …" Dann nahm sie unsere Sofadecke und warf sie schnell über ein paar Sachen, die auf einem Stuhl lagen. Wir sollten die nicht sehen. Aber ich konnte gar nicht weiter darüber nachdenken. Ich wusste nicht, was ich machen sollte.

Konny stand auch nur so rum.

Mama merkte das. „He, ihr Süßen", sagte sie. „Wir fangen einfach noch mal an. Wir setzen uns aufs Sofa und ihr kommt noch mal rein. Ja?"

So einfach war das aber nicht. Erst musste ich meinen Bart ankleben. Und überhaupt musste ich mal aufhören zu weinen! Schließlich schaffte ich das aber alles. Ich atmete tief ein und aus und wir stapften noch mal ins Wohnzimmer, der Malin-Nikolaus und sein Gehilfe. Wir fragten, ob Mama und Papa immer brav waren.

„Hm-hm-hm, da fragst du ja was, Nikolaus. Sind wir immer

brav gewesen, Roland? Was meinst du?"

„Aber klar", nickte Papa. „Immer! Immer brav!"

„Leider haben wir aber zwei ungezogene Kinder, macht das was?", fragte Mama.

„Ha-ha." Konny schüttelte den Kopf. „Könnt ihr wenigstens ein Gedicht aufsagen?"

Mama fasste sich an den Kopf. „Auch noch das! Ein Gedicht! Hilfe! Also:

Ein Gedicht

weiß ich nicht.

Ich mach mal Licht." (Sie schaltete das Licht an.)

„Reicht das?", fragte Papa.

„Na ja, okeee", sagte ich.

„Da fällt mir aber ein Schwein vom Herzen." (Scherzkeks Mama wieder mal. Ich lache da gar nicht mehr.)

Ich teilte den braven Eltern die Sachen aus dem Kissenbezug-Sack aus. Sie freuten sich sehr und Mama holte noch ihre Kamera und machte ein Foto von uns.

Dann gingen wir ins Bett und versprachen sofort einzuschlafen. Aber natürlich wollte ich das überhaupt nicht.

Ich muss dann aber doch eingeschlafen sein. Denn am Morgen

weckte Papa mich wie immer. Und ich sauste raus zu meinen Stiefeln. Ich hatte sie wohl gut genug geputzt, denn ich fand schöne Sachen: Nüsse, Mandarinen, Weihnachtsgummibärchen, einen Glitzerstift und eine Flasche Klebstoff. Das war toll! Jetzt hatte ich endlich meinen eigenen Kleb, da musste ich nicht immer Mama fragen. Super Nikolausgeschenke!

Natürlich schaute ich vor dem Frühstück auch gleich auf den Stuhl, wo Mama gestern die Decke drübergeworfen hat. Denn irgendwie dachte ich, da hatte so was Blaues dabeigelegen wie meine neue Klebstoffflasche. (Guckt mal, drei f!) Aber da lag gar nichts mehr. Und die Decke hing wieder normal zusammengelegt über der Sofalehne. Als ob nichts gewesen wäre …

12. Der Endlich-ein-Café-Tag

Es war wieder mal Sonntag.

Ich mag Sonntage nicht so gerne. Das ist, weil … Ich finde, die Zeit geht sonntags viel zu schnell vorbei. Ich will immer viele Sachen machen, und dann will ich mich ausruhen, dann vielleicht noch ein bisschen fernsehen … Am Ende krieg ich nie alles in den Tag rein, was ich will.

Und außerdem muss ich auch immer schon an den Montag denken. Der ist ja schon ganz nah. Und bei mir ist der Montag ein doofer Tag. Da sind so viele Sachen: vormittags Schule mit Schwimmen in der letzten Stunde (im Winter mag ich das gar nicht), dann Mittagessen und Hausis im Hort, dann Flötenunterricht, dann wieder zurück in den Hort, und dann noch Französisch-AG.

Aber an diesem Sonntag war es noch schlimmer. Irgendwie fiel mir gar nichts ein, was ich machen wollte. Ich hörte eine CD und lag nur so auf dem Bett.

Dann jammerte ich Mama ein bisschen an. Die sagte, das ist ja prima, dass ich nichts zu tun habe, da kann ich ja gleich mal mein Zimmer aufräumen. Auch das noch!

Aber ich fing wirklich an, ein bisschen aufzuräumen.

Und dabei fand ich doch tatsächlich den Plan für mein Café wieder.

Natürlich! Das Café! Das hatte ich total vergessen! Das wollte ich doch unbedingt! Ich weiß gar nicht, wie es kommen konnte, dass ich gar nicht mehr daran dachte!

Plötzlich hatte ich wieder sehr gute Laune. Ich guckte mir den Plan erst mal genau an.

Da stand:

Tische: Zuckerdose, Milchkännchen, Speisekarte

Theke: Plätzchenteller, Kaffee, Apfelschorle

Geschirr: Tassen und Teller

Besteck: nur kleine Löffel

Schürzen, Servietten

Ganz genau. Das alles brauchte man für ein Café. Ich wurde ganz aufgeregt. Zuerst musste ich mal jemanden finden, der mitmachen wollte. Denn erstens machte es dann mehr Spaß und zweitens war es zu viel für mich alleine.

Ich stieg zu Ulbrichs hoch mit meinem Plan in der Hand und klingelte.

Sarah war nicht da, aber Ida und Fanny spielten ein Kartenspiel.

„Hey, Malin! Willst du mitspielen?", fragte Ida.

„Nein. Ich wollte euch was erzählen", antwortete ich. „Ich habe eine Idee. Ich will ein Café machen!"

„Du willst Kaffee machen?", fragte Fanny verwundert. „Magst du denn Kaffee? Ich mag Kaffee nicht. Schmeckt doch total bitter!"

„Ein Cafeeeé", sagte ich. „Also wo man reingehen kann und

was bestellen kann. Wir könnten die Kellnerinnen sein."

„Sollen wir das hier zu dritt spielen?", fragte Ida. „Ist doch Baby."

Oh, Mannomannomann! Die kapierten ja gar nichts!

„Nei-hein! Wir machen das so, dass in echt Leute kommen können und was essen und trinken!"

„Ach so!" Ida nickte. „Das ist gut!"

„Und wo sollen die hinkommen, die Leute? In dein Kinderzimmer?", fragte Fanny.

Das war tatsächlich mal eine gute Frage. Mama würde natürlich nie erlauben, dass irgendwelche Leute durch unsere Wohnung stapfen und bei mir im Kinderzimmer Kaffee trinken. Und außerdem war mein Zimmer auch zu klein für Tische und Stühle. An meinem Schreibtisch konnten sie ja nicht gut sitzen.

„Im Hof?", fragte Fanny.

„Zu kalt", sagte Ida.

„Im Treppenhaus?"

„Zu klein."

„Im Keller?"

„Zu muffelig!"

„Auf dem Dachboden?"

„Tja … hm. Ein bisschen muffelig ist es auch. Aber nicht so schlimm wie im Keller. Und die Treppe ist steil …"

„Aber es ist die einzige Möglichkeit", sagte ich. „Und ein paar alte Möbel gibt es dort auch. Die könnten wir gleich benutzen."

„Der Wurstheimer erlaubt das nie!" Fanny schüttelte den Kopf.

„Vielleicht hat Mama eine Idee", sagte ich.

Gemeinsam gingen wir zu uns runter und erzählten Mama von unserem Plan.

„Nett", sagte Mama. „Ich würde gerne einen Kaffee bei euch trinken."

„Und wie könnten wir den Wurstheimer überreden, dass wir das auf dem Dachboden machen dürfen?"

„Tja, schwierig", überlegte Mama. „Wollt ihr denn Geld verlangen?"

Darüber hatten wir noch gar nicht nachgedacht.

„Ihr könntet sagen, dass ihr es für einen guten Zweck macht. Eine Spende an … Hm. An wen?"

„An die Straßenkinder!", rief ich. „Für die sammeln wir doch auch in der Schule!"

„Vielleicht macht er dann mit", sagte Mama. „Viel Glück!"

„Äh, Mama? Kommst du nicht mit, wenn wir ihn fragen?"

„Nö", sagte Mama. „Das macht ihr mal besser alleine."

Na toll!

Gemeinsam stiegen wir also die Treppe zum Keller runter. Denn der Wurstheimer wohnt ja im Keller. Also, es ist schon eine richtige Wohnung, aber die ist eben im Keller.

Wir hatten Glück. Der Wurstheimer hatte keine Bierflasche in der Hand und auch nicht nur sein Unterhemd an, sondern richtige Kleider. Und er hatte gute Laune.

„Ach, Kinderchen", sagte er nur. „Wenn ihr unbedingt wollt? Aber es darf nichts kaputtgehen!"

Wir versprachen es.

Und dann fingen wir sofort mit den Vorbereitungen an. Konny kam auch dazu, als wir bei mir im Zimmer auf dem Boden saßen. Er sagte, zuerst muss man oben die Möbel rücken. Das, was wir nicht brauchen konnten, zur Seite schieben. Und die anderen Sachen in die Mitte.

Er klingelte bei Ngamis, um Noah zu holen. (Noah ist ja ziemlich stark.)

Wir anderen sammelten aus allen Wohnungen zusammen, was wir noch brauchten: Schürzen, Zuckerdosen, Milchkännchen mit Milch und so weiter.

„Geschirr?", fragte Ida. „Wir können doch kein normales Geschirr nehmen?"

„Plastikteller und Plastikbecher", rief Mama ins Zimmer. „In jedem Familienhaushalt gibt es Plastikgeschirr. Ist doch egal, ob die Tassen Henkel haben oder nicht."

„Und Kaffee?"

Mama lachte. „Hab mir schon gedacht, dass das meine Aufgabe sein wird. Ich koche euch welchen und fülle ihn in Thermoskannen."

Und es dauerte nicht lange, bis wir alles zusammenhatten. Die Plätzchen haben wir in Dosen und auf Platten mit hoch genommen. (Wir hatten immer noch massenhaft.)

Auf dem Dachboden sah es zwar ziemlich rumpelig aus. Aber Konny und Noah hatten drei Tische und sieben Stühle hingestellt. Und zwei Hocker, die nicht allzu wackelig waren.

„Aber wo ist die Theke?", fragte ich. „Wir müssen die Plätzchen irgendwohin stellen, wo man sich welche aussuchen kann."

Konny zeigte auf ein paar Kartons. Das war eine gute Idee. Aber wir brauchten eine Decke dafür, sonst sah es doof aus. Ich holte ein altes Leintuch von Mama, damit ging es. Mama gab mir auch noch drei kleine Teelichtkerzen in Gläsern mit. Wir versprachen, dass wir sie erst anzündeten, wenn ein Erwachsener dabei war. Das war super! Damit sahen die Tische schon viel besser aus.

Als wir alles fertig hatten, banden wir uns die Schürzen um und stellten uns am Eingang auf. Wann würden die ersten Gäste kommen?

„Wie können sie überhaupt wissen, dass hier ein Café ist?", fragte Noah.

Tja. Da hatte er natürlich recht! Wie dumm von uns.

„Na, der Wurstheimer weiß es ja. Und Mama auch", sagte Konny.

„Trotzdem. Wir müssen ein Plakat malen", sagte ich.

„Und wir klingeln einfach bei allen und sagen es", schlug Fanny vor. Die schüchterne Fanny! Und sie wollte das tatsächlich selber machen! Inzwischen war sie ganz begeistert von unserem Café.

Ich malte rasch ein Plakat. (Ok, es sah nicht superschön aus, aber man konnte alles erkennen. Auch, dass wir Geld für die Straßenkinder sammeln wollten.) Und als ich es im Treppenhaus aufhängte, hörte ich, wie Fanny vor der Tür von den Studenten stand und sagte: „Es gibt ein Café auf dem Dachboden. Mit echtem Kaffee und Plätzchen! Es ist schon eröffnet."

„Wahnsinn." Der junge Mann gähnte. „Kaffee ist immer gut." Er gähnte gleich noch mal.

Da war ich noch aufgeregter als vorhin. Der wollte wohl wirklich kommen!

Als wir wieder oben waren, riefen wir noch ganz laut durchs Treppenhaus: „Das Café ist offen!"

„Herzlich willkommen!", schrie Konny. „Wahnsinnig sehr total herzlich willkommen!" Ich stieß ihn mit dem Ellenbogen in die Seite. Ida kicherte.

Aber jetzt gingen tatsächlich ein paar Türen auf und wir hörten Leute murmeln.

Leider war das Erste, was wir richtig gut hörten, nicht so nett. „Mutter!", schrie jemand durchs Treppenhaus. „Lass das! Komm wieder rein!" Das konnte nur Frau Kepler sein. Wollte Oma Kilgus etwa zu uns auf den Dachboden kommen? Das ging ja wirklich nicht. Das war echt zu gefährlich für sie!

Das Nächste, was wir hörten, war der Wurstheimer. Er brummelte was vor sich hin. Und Oma Kilgus kicherte dazu.

Und was soll ich euch sagen? Der Wurstheimer kriegte es irgendwie hin, dass Oma Kilgus auf dem Dachboden ankam.

Er schob sie einfach die steile Treppe hinauf. Und weil er selber ziemlich rund war, konnte sie jedenfalls nicht runterfallen, denn sie wäre an ihm gar nicht vorbeigekommen. Er stöhnte ein bisschen, sie kicherte und machte „oje" und „ach", aber schließlich war sie oben. (Wie sie wohl wieder runterkommen sollte?)

Unsere ersten Gäste!

Die beiden setzten sich an einen der Tische und lasen unsere selbst geschriebenen Speisekarten.

Darauf stand übrigens:

1 Becher Kaffee   50 Cent
1 Becher Apfelschorle   50 Cent
1 Plätzchenteller   1 Euro

Ich wollte die beiden bedienen. Schließlich war es mein Café! Okay, mein Café war es nicht mehr allein, aber meine Idee war es schließlich gewesen.

Wir stritten uns kurz, wer zuerst hingehen durfte. Es gab sogar ein kleines Geschubse. Aber dann sagte Ida, es ist nur gerecht, wenn ich das mache.

Und so ging ich hin. Ich verbeugte mich ein bisschen und Oma Kilgus kicherte wieder.

„Guten Tag!", sagte ich mit einer höflichen Stimme. „Was darf es sein?"

„Ich hätte gern Kaffee", sagte Oma Kilgus genauso höflich. „Und natürlich …"

„Gepäck?", lachte ich.

Oma Kilgus lachte auch. „Genau. Gepäck."

Der Wurstheimer guckte uns ein bisschen komisch an. „Bier gibt es wohl nicht? Dann nehme ich auch Kaffee", sagte er.

„Sofort", sagte ich wichtig und ging zu unserer Karton-Theke. Dort gab es wieder Geschubse, weil wir nicht ausgemacht haben, wer was machen darf. Wer sollte den Kaffee einschenken? Wer die Plätzchen auf die Teller legen?

Aber dann ging es doch. Fanny legte die Plätzchen auf einen Teller und Ida schenkte Kaffee ein. Und Konny musste schon weitere Gäste begrüßen, denn gerade kamen Papa und Susanne Ngami mit Ben zu uns hoch.

Ich brachte die Sachen zu Oma Kilgus und dem Wurstheimer. Sie wollten gleich bezahlen. Und Oma Kilgus sagte, sie will uns auch ein Trinkgeld geben. Aber das ist nicht für die Spende, sondern für uns. Ob wir so eine Kasse haben? Nur für uns?

Ich schüttelte den Kopf.

Der Wurstheimer sah sich um und fand den alten Nachttopf, der schon lange auf dem Dachboden herumstand.

„Hier!", rief er und knallte das Ding auf den Tisch.

Ich fand das nicht ganz so toll, weil da ja früher vielleicht mal Leute reingepinkelt haben. Dafür sind nämlich Nachttöpfe. Aber Oma Kilgus warf schon ein paar Münzen rein. Und er sah eigentlich schon sauber aus.

„Ihre Plätzchen schmecken köstlich, kleines Fräulein", sagte Oma Kilgus. Und das war ziemlich witzig, denn die hatte ich ja mit ihr zusammen gebacken!

Ich kann euch nicht alles ganz genau erzählen, was an diesem Nachmittag los war. Denn dann müsstet ihr jetzt noch stundenlang weiterlesen. Es kamen echt viele Leute. Wir hatten alle Hände voll zu tun. Oft musste einer von uns runtersausen und neuen Kaffee holen.

Oma Kilgus und der Wurstheimer waren ja die Ersten.

Papa und Susanne Ngami und Ben kamen danach. Susanne freute sich, dass Fanny gar nicht schüchtern war.

Herr Ngami kam und setzte sich zu Susanne und Ben und Papa.

Achim und Sarah kamen und Ida sagte, Sarah darf für sie weitermachen und kann gleich mal wieder runter in die Wohnung und frischen Kaffee holen. Da grinste Achim und schüttelte Ida ein bisschen. (Er sagt dazu immer „Verschüttelung".) Weil das ja nicht so nett von Ida war.

Der junge Mann kam mit noch einem jungen Mann und einer jungen Frau. Sie sagten, unser Café ist abgefahren. (Was das wohl heißen sollte? Ein Café, das fahren kann? Ich glaube aber, sie fanden es gut.)

Ganz am Schluss kamen noch Kohnle-Eberweins. Leider gab es keine Sitzplätze mehr. Das Lustigste war nämlich, dass keiner wieder gehen wollte. So gemütlich fanden sie es wohl in unserem Café.

Marlene und Martin sagten, das macht ihnen nichts aus. Sie stehen auch gern. Und sie müssen sowieso immer bei der Treppe aufpassen, dass Niklas nicht runterfällt.

Den ganzen Nachmittag war es voll in unserem Café. Nach

dem Kaffee fingen die Gäste an, Apfelschorle zu trinken. Ben trank sowieso die ganze Zeit die Milch aus den Milchkännchen. Ich glaube, die Erwachsenen haben gefunden, es ist wie ein kleines Fest. Warum sie das wohl nicht selbst manchmal machen, so ein Hausfest? Wenn sie das so gut finden?

Und nicht nur unsere richtige Kasse für die Spende war bald schön gefüllt, sondern auch unser Trinkgeld-Nachttopf hatte viele Münzen.

Irgendwann war ich ziemlich müde. Den anderen Kindern ging es genauso. Wir wollten gerade runtergehen, da rief Mama: „Ja, wie? Die Cafébesitzer verkrümeln sich? Sollen etwa die Gäste aufräumen?"

„Ganz genau", grölte Konny, „so war's gedacht."

„Nichts da. Hiergeblieben!", rief Achim.

Und dann standen alle auf und wir mussten tatsächlich aufräumen. Das macht ja eigentlich am wenigsten Spaß. Aber man muss zugeben, dass auch die Erwachsenen geholfen haben. Außer den jungen Leuten. Und Oma Kilgus und dem Wurstheimer. Die beiden waren nämlich ganz schön damit beschäftigt, die Treppe heil wieder runterzukommen. Auf den letzten Stufen schnappte der Wurstheimer Oma Kilgus einfach und trug sie vollends hinab. Oma Kilgus kicherte natürlich wieder und winkte uns vergnügt zu. Ich hoffte, dass sie nicht so viel Ärger kriegte mit Frau Kepler. Aber wenigstens hatte sie ein bisschen Spaß gehabt.

Wir haben 27 Euro in unserer richtigen Kasse gehabt. Und im Nachttopf waren 6 Euro und 87 Cent. Weil wir die nicht so gut aufteilen konnten, haben wir gesagt, Ida soll das Geld aufbewahren und wir kaufen uns später mal was davon.

Das war toll! Am Ende war es ein richtig guter Sonntag geworden. Wo ich doch erst noch dachte, es wird ein sehr doofer Sonntag.

Das Geld für die Spende warfen wir am nächsten Tag in der Schule in die Spendendose am Eingang gemeinsam ein.

Das fanden wir auch noch mal richtig toll!

13. Der Plötzlich-Weihnachten-Tag

Und plötzlich war Weihnachten. Vorher war die Zeit wahnsinnig lang gewesen und ich dachte, es wird nie Weihnachten. Aber dann war es auf einmal so weit!

Okay, natürlich gab es ein paar Sachen, an denen man vorher merken konnte, dass bald Weihnachten ist:

Immer mehr Adventskalender-Säckchen waren ausgepackt.

Alle Kerzen am Adventskranz waren schon angezündet.

Die Plätzchen waren fast weg.

Mama und Papa stopften manchmal schnell irgendwelche Plastiktüten in ihren Kleiderschrank. (Nein! Ich guckte nicht heimlich! Jedenfalls nicht sehr oft.)

Mama hatte lauter Listen gemacht und kaufte sehr viele Sachen zum Essen ein. (Der Kühlschrank war total voll gestopft.)

Sogar Papa sprach jetzt von Weihnachtsstress.

Zum Glück hatte ich alle Weihnachtsgeschenke. Eins für Mama, das war ein Lesezeichen. Eins für Papa, das war ein Bilderrahmen aus Pappe. Und noch eins für Konny, das war ein cooles Sportgetränk.

Für die Omas und Opas hatte ich Kekshäuschen. Konny auch. Die haben wir zusammen mal an einem Nachmittag gemacht.

Opa und Gisela sollten zu uns kommen an Heiligabend und mit uns feiern.

Aber am Morgen von Heiligabend sagte Papa, er hat auch noch Oma und Opa Enzo eingeladen.

„Nein!", schrie Mama.

„Wieso?", schrie Papa zurück. „Wieso können meine Eltern nicht auch kommen?"

„Weil das Essen jetzt nicht reicht!"

„Machen wir halt was anderes!", motzte Papa.

„Ich krieg die Krise!", stöhnte Mama.

Dann setzte sie sich hin, holte ihre Listen und strich einige Sachen durch. Sie guckte ganz ratlos. „Und was sollen wir dann essen heute Abend?", fragte sie matt.

„Raclette!", schrie Konny begeistert.

„Ja!", jubelte ich.

Das macht ja Spaß, das Raclette-Essen. Jeder hat ein kleines Pfännchen und kann selbst überlegen, was er unter den Käse tut. Dann schiebt man es in den Grill, der in der Mitte steht, und der Käse schmilzt. Lecker!

Mama stand auf und holte den Einkaufskorb. „Wer kauft ein?"

Papa nahm den Korb, ohne was zu sagen, und ging einfach. Er sah nicht gerade freundlich aus.

Komisch. Es ist wirklich oft, dass die Erwachsenen sich an Weihnachten streiten. Verstehe ich gar nicht! Weihnachten ist doch so toll! Warum freuen die sich nicht?

Als Papa wieder da war, holten wir die Kisten mit dem Weihnachtsschmuck aus dem Keller.

Früher hat ja das Christkind uns den geschmückten Baum gebracht. Die Wohnzimmertür war zu und das Christkind läutete mit einem Glöckchen. Das war das Zeichen, dass wir reinkommen durften. Es war der spannendste Moment im ganzen Jahr!

Leider waren wir nie so schnell, dass wir das Christkind noch sehen konnten, denn es flog nach dem Läuten immer ganz schnell davon. Durchs geschlossene Fenster! Nur einmal, glaube ich, habe ich noch ein bisschen von seinem weißen Kleid gesehen.

Letztes Jahr hat Papa gesagt, dass wir den Baum selber schmücken. Das Christkind hat ja ziemlich viel zu tun. Da müssen wir ihm helfen. Es bringt für uns jetzt nur noch die Geschenke. Ich finde das ja unglaublich. Un-glaub-lich, ganz echt! So viele Kinder, und allen bringt das Christkind Geschenke? Kann man das glauben?

Naja, nicht allen. Lilian und Joyce, das sind unsere Freunde aus Hamburg, kriegen die Geschenke vom Weihnachtsmann. Was ich auch komisch finde, ist, dass das Christkind genau dasselbe Geschenkpapier hat wie wir. Oder packt es etwa alles erst hier ein? Wie kann das sein?

Wir hängten alle Sachen an den Baum, die Kerzen steckten wir auch dran und dann mussten wir aus dem Wohnzimmer raus. Ich wurde ganz kribbelig. Schnell zog ich meine schöneren Kleider an.

Wenig später kamen Opa und Gisela und dann auch bald Oma Sonja und Opa Enzo. Sie hatten große Tüten dabei, in die wir nicht reingucken durften.

Gisela drückte mir gleich mal eine Schüssel mit Nachtisch in die Hand, damit ich sie in den Kühlschrank stelle. Und in der Zwischenzeit verschwanden alle im Wohnzimmer mit den Tüten.

Na toll! Ich ging in mein Zimmer und legte meine Geschenke zurecht. Konny spielte mit seinem Minicomputer. Dabei hatte er seine Geschenke noch nicht mal eingepackt!

Gerade als es anfing, langweilig zu werden, klingelte das Glöckchen. Juchhuu! Konny und ich sausten ins Wohnzimmer. Natürlich. Kein Christkind.

Aber dafür lauter feierliche Erwachsene, die uns erwartungsvoll anschauten. Ich weiß ja dann immer nicht so genau, was ich machen soll. Da guckte ich einfach mal unseren schönen Weihnachtsbaum an. Davon machte Mama ein Foto, wie ich mit Konny den Baum angucke. So ein Foto gibt es von jedem Weihnachten.

Und dann ging es wie immer. Und das war gut, denn genau so finde ich es richtig fürs Weihnachtsfest:

Wir sangen Lieder. Ich spielte Flöte, Konny spielte Gitarre. Wir stritten uns ganz kurz, wie hoch der Notenständer eingestellt werden sollte. Denn ich stand ja beim Flöten und Konny saß mit der Gitarre auf einem Stuhl.

Mama, Papa und die Großeltern sangen, als endlich alle ihre Brillen gefunden hatten, damit sie den Text lesen konnten. Nur Gisela kennt alle Texte auswendig.

Dann packten wir Geschenke aus. Auf jedem Geschenk stand, für wen es war. Es war sehr aufregend!

Ich bekam:

ein Radio mit CD-Player,

ein Buch,

eine Hörspiel-CD,

einen Pulli, genau den, den ich mir wünschte, mit einer Glitzerkatze drauf.

Konny bekam einen Kopfhörer, auch ein Buch, eine Musik-CD und eine Glitzerlampe, die er sich gewünscht hatte. Leider fiel sie ihm gleich nach dem Auspacken runter und zerbrach (sie war aus Glas). Papa flippte aus und schrie, das kann doch nicht wahr sein.

Da fing Konny an zu weinen. Mama umarmte ihn und sie setzten sich auf die hinterste Sofaecke, damit er sich wieder beruhigen konnte. Der arme Konny!

Später verteilten wir dann unsere Geschenke, Konny und ich. Und es hört sich vielleicht komisch an, aber das machte wirklich genauso viel Spaß, wie selbst was zu kriegen. Ich fühlte mich ganz glücklich, als Gisela unsere Kekshäuschen bewunderte und ganz genau wissen wollte,

wie sie gemacht wurden. Und wirklich, als ich sie vor ein paar Tagen gemacht habe, da hab ich mir vorgestellt, wie die Großeltern sich so freuen.

Auch Mama und Papa freuten sich

über meine Geschenke. Und Konny umarmte mich sogar, als er das Sportgetränk auspackte.

Papa und Oma Sonja sammelten das ganze zerrissene Geschenkpapier ein und stopften es in einen Karton. Mama stellte die Sachen für das Essen auf den Tisch und dann fingen wir an zu essen.

Beim Raclette dauert das Essen ja ziemlich lange. Aber es ist gemütlich. Genau das Richtige für den Winter, sagt Opa. Er mag Raclette auch so gern.

Meine Lieblingsmischung ist: Kartoffeln, Schinken, Mandarinenstückchen und Käse. Macht ihr auch manchmal Raclette? Was ist eure Lieblingsmischung?

Wir aßen, bis wir fast platzten. Jedenfalls sagte Opa, wenn er jetzt nicht aufhört, müssten wir anderen in Deckung gehen, weil es sonst ganz sicher bald knallt.

Für die Zeit nach dem Essen haben wir geplant, dass wir alle zusammen ein Spiel machen. Es ist ja schön, dass man mal Zeit hat und auch die Großeltern da sind. Wir haben extra ein Spiel ausgesucht, bei dem 8 Mitspieler mitmachen können.

Aber als wir es holten, sagte Oma Sonja: „Ich spiel kein Spiel heute. Nein, nein!"

Konny und ich schauten uns an. Wir hatten uns so darauf gefreut! Und überhaupt, was wollte Oma Sonja denn machen? Das sollten wir allerdings gleich erfahren. Denn sie griff nach der Fernbedienung und ... schaltete einfach den Fernseher

an! Ist es zu glauben? An Weihnachten wurde bei uns überhaupt noch nie ferngesehen. Weihnachten ist doch ein feier-
liches Fest! Und Fernsehen ist genau das Gegenteil von
feierlich. Natürlich schaue ich auch sehr gerne fern. Aber ... an
Weihnachten?

Mama war total sprachlos. Ihr Mund war offen stehen geblieben.
Sie schaute erst Oma Sonja an und dann Papa. Der zuckte mit
den Schultern und räumte den Tisch vollends ab.

In der Zwischenzeit hatte Oma Sonja ihre Sendung gefunden:
Es war eine Volksmusik-Show.

Konny stand mit dem Spiel in der Hand da und starrte mit
aufgerissenen Augen in den Fernseher. Da sang eine total
komisch angezogene Frau mit seltsamen Bewegungen ein
Unsinn-Lied, das hieß „Heidi-Bumm-beischi" oder so.

Das war alles so verrückt, dass ich schon wieder überhaupt
nicht wusste, was ich machen sollte!

Zum Glück sagte Gisela da: „Können wir das Spiel auch zu
sechst spielen?" (Wir waren nur noch 6, weil Opa Enzo sich
auch zu Oma Sonja vor den Fernseher setzte.)

Und da spielten wir es also trotzdem und es machte viel Spaß.
Man macht Zweier-Mannschaften und muss erraten, was der
Partner malt, vormacht oder beschreibt. Mama ist ziemlich gut
darin und Konny auch. Man muss aufpassen, dass die beiden
nicht in einer Mannschaft sind, sonst gewinnen die nämlich
immer!

Leider waren wir oft abgelenkt von dem lauten Gesinge im Fernseher. Aber die Volksmusik war auch ziemlich witzig, und Konny und Opa machten die Sänger manchmal nach und wir lachten uns kaputt.

Doof war nur, dass Oma Sonja da ein bisschen beleidigt war. „Volksmusik ist in!", rief sie immer wieder.

„Von mir aus", sagte Papa und wir lachten wieder.

Das Spiel haben dann Opa und Konny gewonnen. Schade!

Aber wir spielen es bald wieder mal, hat Opa versprochen.

Und dann gingen die Großeltern wieder nach Hause. Da merkte ich, dass der wichtigste Tag von Weihnachten schon vorbei war! Und ich wurde ganz traurig. So lange hatte ich mich drauf gefreut und jetzt dauerte es ein ganzes Jahr, bis wieder Weihnachten war!

„Aber es gibt noch so viele tolle Feste", tröstete Mama mich.

(Ich weiß, dass sie immer froh ist, wenn Weihnachten vorbei ist.) „Und außerdem freust du dich ja schon auf unseren Besuch, stimmt's?"

Und da hatte sie recht! Bald sollten uns gute Freunde besuchen. Und sie übernachteten vier Tage lang bei uns. Darauf freute ich mich wirklich sehr!

Darum ging ich nur halb traurig ins Bett. Und natürlich nahm ich meinen Pulli gleich mit ins Zimmer. Das war nämlich das schönste Geschenk von allen!

14. Der Gäste-Party-Knaller-Silvester-Tag

Die nächsten Tage nach Weihnachten haben wir ein bisschen herumgetrödelt. Wir haben das neue Spiel gespielt, lange ausgeschlafen, CDs gehört, gelesen ... Es war ganz gemütlich. Inzwischen waren auch Ida und Sarah wieder da. Mit ihnen sind wir rausgegangen, denn endlich schneite es mal, aber leider nicht sehr viel.

Gerade als es anfing, langweilig zu werden, sagte Mama, jetzt wird es Zeit, uns auf den Besuch vorzubereiten.

Juchhuu! Unser Besuch!

Der Besuch, das waren Lilian und Joyce mit ihren Eltern.

Bestimmt denkt ihr jetzt, wie spricht man denn „Joyce" aus? Ich versuche, es in anderen Buchstaben hinzuschreiben: Dschoiss. So spricht man das aus. Aber es gibt auch eine lustige Geschichte dazu. (Hoffentlich ist es für Lilian und Joyce okay, wenn ich sie erzähle.)

Also: Als Joyce geboren wurde, war Lilian zwei. Und sie konnte natürlich noch nicht so richtig gut sprechen. Und wenn sie von dem Baby erzählt hat, sagte sie: „Meine Schwester heißt Scheiß!"

Sie haben früher ganz in der Nähe gewohnt und unsere Mamas sind gute Freundinnen. Das sind sie sogar jetzt noch, obwohl es ganz schön weit bis dorthin ist, wo sie jetzt wohnen. Und wir haben uns schon zweimal an Silvester besucht. Zuerst waren sie bei uns und dann wir bei denen. Und jetzt kommen sie wieder zu uns. Sie übernachten vier Tage! Das wird bestimmt wieder lustig.

Leider sah die Vorbereitung erst mal so aus, dass alles aufgeräumt und geputzt werden musste. Dazu hatte keiner Lust. Aber Mama sagte, wir machen das Radio ganz laut, dann ist es lustiger. Und so machten wir es. Besonders Papa und ich wirbelten durch die Wohnung mit dem Staubsauger und dem Putzlappen, bis wir ganz erschöpft waren.

„Und wie machen wir es mit der Schlaferei?", fragte Mama.

Wir überlegten hin und her. Am Ende sagte Papa, wir machen es so wie letztes Mal: Alle Kinder machen ein Matratzenlager bei mir im Zimmer und Mamas Freundin Nicola und ihr Mann Klaus schlafen in Konnys Zimmer. Wir bereiteten alles vor und machten sogar die Betten schon mal zurecht.

Endlich war es so weit. Mama fuhr zum Flughafen. Natürlich wollte ich mitkommen, aber das ging nicht, sonst hätten nicht alle im Auto Platz gehabt.

Und wenig später standen sie alle bei uns in der Wohnung! Mit den vielen Leuten (wir waren ja auch alle da) und dem Gepäck war der Flur ganz voll.

Ich fühlte mich zuerst ein bisschen komisch. Sollte ich die Mädchen umarmen oder nur die Hand geben? Da wartete ich lieber mal ab. Genau so machten es Lilian und Joyce auch. Und

Konny ist ja sowieso zu cool, um jemanden zu umarmen! So standen wir also da und guckten verlegen.

Aber Mama und Nicola lachten nur und umarmten reihum jeden, den sie kriegen konnten. Mama umarmte mich auch und sagte: „Ja, guten Tag, wen haben wir denn da?" Und dann lachten wir alle und fühlten uns wohl.

Mama sagt immer, daran erkennt man gute Freunde auch. Wenn man sich lange nicht sieht und trotzdem schnell wieder alles ist wie immer.

Weil Mama und Papa noch nicht dazu gekommen sind einzukaufen, ging Mama mit Nicola und Klaus erst mal los zum Supermarkt. Wir Kinder spielten gleich das Spiel, das unser Besuch uns mitgebracht hatte.

Mama hat uns gebeten, nicht zu streiten. Leider ist es nämlich so, dass sich manchmal ein Kind ausgeschlossen fühlt. Lilian ist ja so alt wie Konny und Joyce ist ein Jahr älter als ich. Und da war es früher mal so, dass alle lesen konnten, nur ich nicht. Da konnte ich bei manchen Sachen noch nicht mitspielen. Oder bei Mädchenspielen, da wollte Konny nicht mitspielen und war beleidigt. Aber gerade kriegten wir es ganz gut hin.

„Sollen wir Knallfrösche kaufen?", fragte Konny.

„Das dürfen wir nicht", sagte Lilian.

„Genau, die sind erst ab 18 Jahren", nickte Joyce.

„Nein, bei Frau Munzke gibt es auch Kinderknaller!", sagte Konny.

„Frau Munzke?", lachte Lilian. „Gibt es die etwa immer noch?"

„Ist sie noch so dick und hat sie noch die festgepappte Frisur?", fragte Joyce.

„Könnt ihr gleich selber sehen", sagte Konny. Er nahm den Geldbeutel mit seinem Taschengeld und wir gingen runter zu dem Schreibwarenladen in unserem Haus. Wir suchten Knallfrösche und Knallbonbons aus und freuten uns schon, bis wir sie knallen lassen konnten.

Als wir wieder auf der Straße standen, hatten wir Hunger.

„Wir können uns beim Döner-Stand was kaufen", meinte Konny.

„Ich mag Döner nicht." Joyce streckte ihre Zunge raus. Eine kleine Schneeflocke fiel drauf und sie lachte. (Joyce lachte, nicht die Schneeflocke!)

„Die haben auch Pommes", sagte ich.

Konny guckte in seinen Geldbeutel. „Es reicht für zwei Portionen", sagte er.

„Willst du wirklich dein Geld für Essen ausgeben?", fragte Lilian.

„Schon okay", antwortete Konny.

Und so machten wir es. Wir teilten uns zwei Portionen Pommes zu viert. Es war irgendwie besonders, weil wir Kinder ja sonst nie alleine essen gehen. Wir blieben zum Essen auch nicht in dem Laden, sondern setzten uns davor auf den Fahrradständer.

(Die Stehtische waren sowieso zu hoch für uns.) Joyce hoffte die ganze Zeit, dass ihre Eltern nicht vorbeikommen. Denn Nicola will nicht so gern, dass Lilian und Joyce ungesunde Sachen essen.

Am Nachmittag spazierten wir noch ein bisschen in der Gegend herum. Lilian und Joyce wollten gerne schauen, wie es jetzt überall aussieht und ob sich was verändert hat, seit sie weggezogen sind. Und endlich ging unser Silvester-Programm los. Das ist immer dasselbe, egal, ob wir bei unseren Freunden in Hamburg sind oder sie bei uns.

1. Wir aßen Raclette. (Schon wieder!)

2. Wir guckten den lustigen, alten kurzen Film, der immer an Silvester im Fernsehen kommt (er heißt „Dinner for One“).

3. Wir spielten alle zusammen (mit den Erwachsenen) ein Spiel.

4. Wir guckten eine DVD.

5. Wir zählten rückwärts die Sekunden bis Mitternacht.

6. Wir stießen mit Gläsern zusammen an und wünschten uns Glück.

7. Wir gingen raus zum Knallen.

8. Wir Kinder sagten, dass wir bis zum Morgen aufbleiben wollten, und wurden dann doch ganz schnell ziemlich müde.

Von allem muss ich euch ja nicht erzählen. Bestimmt wollt ihr nicht wissen, wer sich was in sein Raclette-Pfännchen gelegt hat. Oder? (Wenn doch, schreibt mir, dann sage ich es euch.)

Was ich erzähle, ist, dass wir uns beim Spiel echt kaputtlachten, vor allem, weil die Papas so lustige Sachen als Pantomime vormachen mussten.

Unser Papa musste „Eierlikör" darstellen. Das hat natürlich niemand erraten.

Und Klaus musste „Taxi" vormachen und später noch „Frosch". Das Taxi hat leider auch niemand erraten, aber als der Frosch mit aufgeblasenen Backen durchs Zimmer hüpfte, war sofort klar, was das ist! Super gemacht. Und weil es ja nicht so oft vorkommt, dass einer unserer Papas als Frosch durchs Zimmer hüpft, wollten wir es gerne noch mal und noch mal sehen.

Und dann wurde es, wie in jedem Jahr, schon knapp mit der Zeit für die DVD noch vor Mitternacht.

Wir schafften es gerade so. Das Anstoßen mit den Gläsern ist ja nicht so spannend. Die Erwachsenen hatten Sekt und wir Kinder Apfelschorle.

Und wieso wünscht man sich ausgerechnet dann Glück, wenn es Silvester ist und alle eigentlich lieber rausgehen wollen und das Feuerwerk anschauen? Schon kapiert, fürs neue Jahr.

Aber ich wünsch denen, die ich mag, eigentlich immer Glück. Natürlich sage ich es ihnen nicht die ganze Zeit. Sonst würden sie wahrscheinlich denken, ich bin plemplem.

Wir Kinder waren schon ganz kribbelig und wollten unbedingt mit unseren Knallern raus. Wir warfen die Knallerbsen auf den Boden und es knallte auch ganz lustig. Die Knallbonbons hatten wir schon vorher beim Essen auseinandergezogen. Da kamen kleine Glücksschweinchen raus und komische Sprüche. Konny durfte auch mit Papa richtige Raketen knallen. Wir hätten alle gedurft, wenn wir wollten. Aber wir wollten nicht.

Joyce, Lilian und ich standen im Hof und brannten noch Wunderkerzen ab. Aus unserem Haus waren gar nicht viele da: Ngamis waren weggefahren. Ida und Sarah waren wieder bei ihrer Mutter und Achim war bei Freunden. Kohnle-Eberweins waren da, kamen aber mit dem kleinen Niklas gar nicht runter. Die jungen Leute feierten auch bei sich drin. Frau Kepler und Oma Kilgus schliefen

vielleicht schon, da war kein Licht. Nur der Wurstheimer kam noch die Treppe hoch. Allerdings ziemlich mühsam, denn er schwankte und musste sich überall festhalten, damit er nicht umfiel.

„War ja klar", sagte Papa. „Der Herr Besoffski!" (Das sollte heißen, dass der Wurstheimer wohl betrunken war.)

„Waaas?", schrie der Wurstheimer.

„Viel Glück im neuen Jahr, Herr Wurst... äh, Wulfheimer, das wollte mein Mann sagen", sagte Mama schnell und schüttelte dem Wurstheimer die Hand. Nicola kicherte.

Weil der Wurstheimer auch einen Karton mit Knallern unter dem Arm hatte, gingen Papa und Konny ein Stück weiter.

Überall zischte und knallte es schon. Wir Mädchen hielten uns die Ohren zu und schauten nach oben.

Hübsch sah es aus, wenn die Raketen funkelnd und glitzernd große Sterne und leuchtende Blumen in den Himmel malten. Wenn wir ausatmeten, sahen wir weiße Wolken vor unseren Gesichtern. Ich dachte, man könnte doch auch einfach mal so nachts aus dem Haus gehen. Das ist ja wirklich schön!

Konny sprang aufgeregt herum und zündete eine Rakete nach der anderen an. Das Lustige war, dass er gar nicht schaute, wie schön sie aussahen, wenn sie im Himmel explodierten. Sondern er zündete gleich wieder die nächste an!

Der Wurstheimer brauchte sehr lange, bis er sein Feuerwerk angezündet hatte. Seine Knaller waren keine Raketen, sondern solche, die auf dem Boden blieben. Das Erste war eine Art Goldregen. Das war sehr hübsch! Dann hatte er etwas, das drehte sich wie verrückt im Kreis und hüpfte und pfiff und spuckte Funken. Davon gab es mehrere. Klaus sagte zu ihm, dass er die Dinger doch bitte lieber etwas weiter weg werfen soll. Aber der Wurstheimer brummelte nur vor sich hin.

Und dann passierte es!

Einer dieser verrückten Kreisel hüpfte direkt in seinen Karton rein, nachdem er ihn angezündet hatte. Klaus schnappte uns drei und zog uns schnell weg.

Und dann machte es auch gleich PAFF! BUMM! PENG! KNALL! Die ganzen Knaller explodierten gleichzeitig.

Das Getöse wollte gar nicht wieder aufhören! Alle Leute am ganzen Valentinsplatz standen starr vor Schreck und guckten herüber. Konny und Papa standen mit weit aufgerissenen Augen da. Am erschrockensten war der Wurstheimer selber. Sein Mund stand weit offen und er starrte total verblüfft auf seinen Karton, wie der da vor ihm knallte und rauchte. Ich hatte ein bisschen Angst, dass er sich verletzt.

Als der Riesenlärm endlich aufhörte, war es plötzlich total still. Keiner bewegte sich.

„Na, dann Prosit Neujahr!", schrie irgendwann jemand von gegenüber. Alle lachten.

Nur der Wurstheimer war immer noch still. Und irgendwann rutschte er die Hauswand runter und setzte sich einfach auf seinen Hosenboden. Direkt in den Schnee! Das war wohl doch zu viel für ihn gewesen!

Wenig später hatten Papa und Konny alle ihre Raketen abgeschossen. Da rief Papa: „Los, los, zurück in die warme Stube!"

Aber der Wurstheimer saß immer noch da auf dem Gehweg. Mama sagte, wir können den Wurstheimer nicht einfach da sitzen lassen. Er erfriert sonst. (Der Wurstheimer hat schon mal draußen übernachtet. Erinnert ihr euch? Die Geschichte habe ich euch das letzte Mal erzählt. Aber da war es Sommer.) Klaus und Mama halfen dem Wurstheimer hoch und brachten ihn in seine Wohnung.

Das war aufregend gewesen! Wir lachten und sprachen noch eine ganze Weile über die Knallerei, als wir in meinem Zimmer das gemütliche Matratzenlager bezogen.

„Jetzt bleiben wir wach bis morgen früh!", rief ich.

„Genau! Genau! Genau!", riefen Konny, Lilian und Joyce.

„Könntet ihr dann Brötchen zum Frühstück holen?", fragte Papa.

„Und den Tisch decken! Und Rührei braten!", lachte Mama.

„Aber leise! Und uns nicht vor zehn wecken!"

Nicola sagte auch noch was. Aber könnt ihr euch das vorstellen? Das habe ich schon gar nicht mehr richtig mitgekriegt. Meine Augen fielen einfach zu. Und das ist das Letzte, woran ich mich von der Silvesternacht erinnere.

15. Der Wir-machen-bestimmt-keine-Schneeballschlacht-Tag

Am nächsten Morgen sind wir spät aufgestanden. Was glaubt ihr, hat es eins von uns Kindern wohl geschafft, wach zu bleiben?

Hihi, natürlich nicht!

Wir wachten davon auf, dass es nach Rührei und Speck und Orangensaft roch. Das Frühstück hat natürlich Papa gemacht.

Als wir aus dem Fenster guckten, sahen wir zwei Sachen: viel Feuerwerks-Müll auf der Straße und viele Schneeflocken in der Luft.

Mama und Nicola guckten auch raus. Und Nicola sagte: „Wäre das nicht was für euch Kinder? Ihr geht ein bisschen an die frische Luft und räumt den Müll vor dem Haus weg. Und dann könntet ihr ja noch ein bisschen spielen!"

„'ne Schneeballschlacht könnten wir machen", sagte Konny.

„Och, nöö", sagte Joyce.

„Auf keinen Fall mache ich eine Schneeballschlacht!", sagte Lilian streng. „Hörst du, Konny? Wir können rausgehen, aber wir machen keine Schneeballschlacht, ja?"

„Wir könnten Schlitten fahren", sagte ich. „Wir können Idas und Sarahs Schlitten noch ausleihen. Dann reicht es für uns alle."

„Ja! Gute Idee!" Lilian und Joyce freuten sich, denn dort, wo sie wohnen, haben sie zwar auch Schlitten, aber nicht so richtige Berge zum Runtersausen.

Wir zogen uns unsere Schneesachen an und wollten gerade losgehen, da sagte Joyce: „Ich muss noch mal auf die Toilette." Mama sah sie streng an. „Na, ausnahmsweise!" Da guckte Joyce ganz erschrocken.

Ich tröstete sie: „Hast du vergessen, was für ein Scherzkeks Mama ist?"

Außerdem merkte ich, dass ich auch musste. Das ist typisch! Gerade wenn man ganz fertig ist mit Anziehen, muss man entweder auf die Toilette oder man muss noch was holen. Also schälten wir uns aus den ganzen dicken Klamotten wieder raus.

Als wir dann endlich draußen waren, räumten wir den ganzen Müll weg, der vor unserem Haus lag. Sogar den von Wurstheimers explodiertem Karton räumten wir weg. Das hätte er zwar eigentlich selbst machen müssen, findet ihr nicht auch? Aber wir waren ja sowieso dabei, da machten wir das gleich mit.

Manche Raketen wurden aus Flaschen abgeschossen. Und nicht nur Papas und Konnys Flaschen standen noch da. Viele Leute hatten ihre Flaschen einfach stehen lassen! Wir nahmen sie und gingen zum Flaschencontainer. Das macht ja sogar Spaß! Ich werfe sehr gern Flaschen in den Flaschencontainer.

Es knallt immer so schön, wenn die Flaschen da reinfallen. Und wann darf man schon mal Flaschen zerdeppern? Das ist ja sonst sehr streng verboten.

Konny schleppte die Schlitten aus dem Keller hoch. Wir hatten einen großen Holzschlitten, einen kleinen und einen Bob. An dem Bob war nur die Bremse ein bisschen kaputt, sonst war der noch ganz gut.

Wenn wir Schlitten fahren wollen, gehen wir zum Spielplatz. An einer Seite gibt es dort nämlich einen Abhang und da sausen wir dann runter. Unten muss man zwar ziemlich bremsen, weil da eine Bank und die Wippe stehen, aber das kriegen wir ganz gut hin. (Als Joyce noch hier gewohnt hat, ist sie als kleines Kind mal gegen die Bank gedonnert. Da hat sie sogar am Kopf geblutet.)

Wir durften alleine hingehen. Ich glaube, Mama hat gemerkt, dass wir schon vernünftig sind, und sie sagt eigentlich gar nicht mehr Nein, wenn wir fragen.

Als wir am Schlittenhang ankamen, waren schon viele Kinder dort. Auch Jan und Marvin aus meiner Klasse waren da.

Wir vier wechselten uns mit den Schlitten und dem Bob ab. Schlittenfahren macht wahnsinnig viel Spaß, finde ich. Und wenn es kleine Schanzen zwischendurch gibt und man beim Drüberfliegen so ein Bauchkribbeln hat, dann ist es so verrückt, dass man ganz einfach kurz schreien muss! Das ist lustig.

Natürlich kippte unser Schlitten auch mal um und wir fielen

runter. Da waren gerade Joyce, Konny und ich drauf. Lilian war mit dem kleinen Schlitten hinten drangehängt, aber sie konnte rechtzeitig bremsen. Wehgetan haben wir uns nicht.

Später fuhren Konny und Joyce zusammen auf dem Bob. Joyce konnte nicht wissen, dass die Bremse kaputt war, und zog sehr heftig daran. Da gab der Hebel nach und sie hatte den plötzlich in der Hand!

„Aaah!", machte sie. Sie streckte die Hand mit dem Bremshebel hoch und schleuderte ihn von sich. Die anderen Kinder und Erwachsenen lachten.

Der Bob machte gleich darauf eine scharfe Kurve und Konny und Joyce wurden in den Schnee geschleudert. Aber das war sogar gut! Denn der Bob fuhr erst mal noch ein Stück alleine weiter, stieß dann aber mit ziemlicher Wucht gegen die Bank. Peng! Das wäre bestimmt nicht gut ausgegangen, wenn die beiden noch drin gewesen wären.

Dann ruhten wir ein bisschen aus.

Es ist ja so: Das Runterfahren ist prima. Das Hochziehen ist aber ziemlich anstrengend! Und leider ist das Runtersausen ja ganz schnell vorbei und die meiste Zeit zieht man den Schlitten dann wieder hoch.

Mama sagt, das Schlittenfahren macht überhaupt nur deshalb so viel Spaß, weil das Hochziehen so anstrengend ist. Kapiert ihr das? Also, ich nicht!

Wie wir uns da also gemütlich ausruhten, traf mich plötzlich ein Schneeball.

„He, Konny, hör auf!", rief ich ärgerlich. Aber da sah ich, dass Konny gar nicht dort war, wo der Schneeball herkam. Er war gerade mit dem Bob wieder losgefahren.

Wer hatte den Schneeball dann geschmissen?

Ha! Ich wurde total wütend, als ich es sah: Es waren Sebastian und sein Freund, die vor sich noch ganz viele Schneebälle liegen hatten.

„He! Ihr bescheuerten Blödmänner!", schrie ich. „Hört sofort auf!" Aber natürlich hörten die beiden nicht auf, klar! Sie johlten und grölten und warfen einfach weiter. Gleich darauf wurde Lilian getroffen.

„Nein!", rief sie. „Ich will keine Schneeballschlacht machen!"

„Das ist denen egal, Lilian", sagte Joyce. „Wenn du nicht zurückwirfst, dann ist es eben eine halbe Schneeballschlacht. Aber das ist für dich auch nicht besser." Sie bückte sich, formte einen festen Schneeball und schleuderte ihn zu Sebastian hinüber.

Ich machte mit. Es blieb mir gar nichts anderes übrig! Wir mussten uns ja verteidigen! Und Schreien half dieses Mal leider nicht.

Das Problem war, dass die beiden Jungen viel größer und stärker waren. Sie schossen hart und trafen meistens. Joyce und ich leider nicht. Und mein Bruder Konny war sehr weit weg. Hilfe! Jetzt kamen sie auch noch näher! Lilian schrie. Paff! Ein Schneeball knallte mir auf die Jacke. Paff! Einer ans Bein. Aua! Das tat echt weh!

Plötzlich merkte ich, wie uns doch jemand half. Endlich! Es waren Jan und Marvin. Sie waren zu uns gerannt und schleuderten Schneebälle, so schnell sie konnten. Und wie sie konnten! Das war echt toll. Es ist gut, wenn man so prima Freunde hat! Die beiden grinsten zu mir herüber.

Und es klappte! Nach einer Weile gingen Sebastian und sein Freund wieder ein Stück zurück. Doch es dauerte nicht lange, da kam auch bei denen noch ein Junge dazu. Und wenig später kamen sie wieder näher. So ein Mist!

„Lilian!", schrie Joyce. „Heb dein Hinterteil mal hoch und hilf uns!"

„Die Jungs können das doch viel besser!", jammerte Lilian.

„Das stimmt. Aber nur, weil wir das nicht üben! Also los!"

Und da machte Lilian endlich auch mit. Und was soll ich euch sagen? Lilian hatte zwar auch nicht so viel Kraft wie Sebastian, aber sie konnte so super zielen, dass das ganz egal war.

Schon nach kurzer Zeit sahen die beiden großen Jungen aus wie Schneemonster. Und als Sebastian einen Schneeball noch mitten ins Gesicht kriegte (wie gut für ihn, dass Lilian nicht so stark warf!), gaben sie auf und zogen ab.

„Voll auf den Nüschel!", kicherte ich. Jan, Marvin, Joyce, Lilian und ich jubelten und fielen in den Schnee.

„Danke für eure Hilfe!", japste ich zu Jan und Marvin. Aber die beiden stiegen schon wieder auf ihre Bobs und fuhren los.

In diesem Moment kam Konny angeschlappt.

„Was ist denn hier los?", fragte er.

„Och, nichts", sagte ich. „Wir haben gerade nur eine Schneeballschlacht gegen Sebastian und seinen Freund gemacht."

„Und gewonnen!", rief Lilian stolz.

„Ohaa!" Konny lachte. „Ach ja, stimmt!", sagte er dann. „Du wolltest ja unbedingt eine Schneeballschlacht machen!"

Später saßen wir bei uns im Wohnzimmer. Vor jedem Kind stand eine Tasse warmer Kakao. (Das ist überhaupt das Allerbeste am Schlittenfahren: der Kakao, den man danach zum Aufwärmen trinkt!)

Und wir überlegten, was wir am nächsten Morgen noch machen wollten, bevor Lilian, Joyce, Nicola und Klaus wieder nach Hause mussten.

Konny sagte: „Also, ich schlage vor ..."

„Ist doch klar, was wir machen!", rief Lilian. „Eine Schneeballschlacht!"

16. Der Hundekacke-Rätsel-Detektiv-Tag

Nun war unser Besuch wieder weg. Schade! Ich bin immer so traurig, wenn Gäste wieder weggehen. Dann finde ich plötzlich alles schrecklich langweilig. Und eine ganze Weile weiß ich nicht, was ich machen soll. Ich dachte tatsächlich, jetzt sitze ich bis zum Ende der Ferien da und gucke Löcher in die Luft.

Da hatte ich mich aber getäuscht! Denn gerade dieser Tag sollte richtig spannend werden.

Es fing damit an, dass Noah bei uns klingelte. Er hatte seine Detektiv-Ausrüstung unter dem Arm, die er zu Weihnachten bekommen hat.

„Willst du Detektiv spielen?", fragte er.

„Okay", sagte ich. Das war besser, als Löcher in die Luft zu starren!

Wir schauten uns alles an, was in der Schachtel war. Es gab Fingerabdruck-Pulver, eine Lupe, kleine Plastiktüten, einen Geheimstift, eine Taschenlampe und noch mehr Sachen. Alles sah interessant aus, aber wir wussten nicht, wie man damit spielen sollte.

„Wir brauchen einen Fall", überlegte ich.

„Was für einen Fall?", fragte Noah.

„Na, dass was gestohlen wurde oder so. Was wir eben rausfinden können!"

„Verstehe", sagte Noah. „Genau! Dazu können wir dann die Sachen hier benutzen." Er räumte alles wieder ein und klemmte sich den Karton unter den Arm.

Wir zogen uns an. Erst mal gingen wir durchs Treppenhaus und schauten, ob da etwas komisch war. Aber es fiel uns nichts auf.

Dann gingen wir in den Hof. Aber dort war leider auch alles normal.

Schließlich setzten wir uns auf die Treppe vor unserer Haustür. Die Leute waren einfach zu brav! Wir wollten Detektive sein, aber es passierte überhaupt nichts!

„So eine verdammte Sch...", rief da jemand. Wir drehten unsere Köpfe und schauten.

Der Jemand war mein Papa. Er stand vor dem Schreibwarenladen auf einem Bein. Vor ihm war ein zertretenes Häufchen Hundekacke. Ausgerechnet Papa passierte das! Er ist doch so empfindlich.

„Ich würde wirklich gerne wissen, welche Dumpfbacke hier einen Hund hinkacken lässt. Direkt auf den Gehweg! Das ist übrigens verboten!", schrie er.

Frau Munzke guckte herüber und verschwand dann eilig in ihrem Schreibwarengeschäft.

Noah stieß mir den Ellbogen in die Seite.

„Ein Fall!", flüsterte er.

„Was denn für ein Fall?", fragte ich.

„Na, wir finden heraus, welcher Hund da … Du weißt schon."

„Pööh", machte ich. „Was ist das denn für ein Fall?"

Aber wir hatten ja keinen anderen Fall, also fingen wir eben damit an.

Wir hielten uns die Nasen zu und beugten uns über das zertretene Häufchen. Ich weiß nicht, wie genau ihr wissen wollt, was wir da sahen. Bestimmt nicht ganz genau, oder?

„Ein kleines Häufchen. Ein kleiner Hund also", sagte ich.

„Aber dein Papa hat es zertreten", sagte Noah. „Vielleicht war es vorher größer."

Ich wollte eigentlich nicht mehr so genau hinschauen.

Aber Noah untersuchte das zertretene Häufchen so, als wollte er herausfinden, was der Hund zum Frühstück gefressen hat.

Da kam Konny vorbei.

„Alles klar mit euch?", fragte er. „Ohaa! Ihr guckt euch Hundekacke an! Habt ihr ein neues Hobby?"

Noah antwortete ganz ernst: „Wir wollen herausfinden, wer seinen Hund hier hinmachen lässt. Dazu müssen wir erst mal wissen, wie der Hund aussieht."

„Vielleicht gibt es dazu was im Internet", sagte Konny. „Bilder von Hundekacke mit den passenden Hunden dazu."

Wir gingen hoch zu Papas Computer und Konny suchte. Aber natürlich gab es das nicht.

„Spuren!", sagte ich plötzlich. „Wir müssen mal schauen, ob wir Spuren von dem Hund im Schnee finden."

Noah und ich sausten wieder runter und schauten, ob es Spuren gab. Und es gab welche. Massenhaft sogar! Nur leider waren es so viele, dass man nicht erkennen konnte, welche zu diesem Hundehäufchen hinführten.

„Was ist eigentlich mit dem Hund von Frau Munzke?", fragte Noah.

„Den habe ich schon lange nicht mehr gesehen", antwortete ich. „Ich glaube, sie bringt den gar nicht mehr mit."

Wir gingen in den Schreibwarenladen rein und schauten uns um. Kein Hund.

„Was ist mit euch?", fragte Frau Munzke uns unfreundlich.

„Wir wollen herausfinden, welcher Hund auf den Gehweg gemacht hat", antwortete Noah. „Wissen Sie das zufällig?"

„Was? Nein. Wieso ich?"

„Wo ist eigentlich Ihr Hund?", fragte ich.

„Hund? Wieso Hund?"

„Na, Sie haben doch einen kleinen Hund", sagte ich. „Bringen Sie den nicht mehr mit?"

Frau Munzke wurde ganz rot. Noah schaute ihr aufmerksam ins Gesicht.

„Das geht euch gar nichts an!", schrie Frau Munzke plötzlich. „Wieso wollt ihr überhaupt wissen, wo mein Hund ist?"

„Früher saß er doch manchmal hier!" Ich zeigte Frau Munzke das Kissen, auf dem der Hund oft lag.

„Die Kunden wollen das nicht", sagte Frau Munzke. „Manche haben Angst vor Hunden. Jetzt aber raus!"

„Hm", sagte Noah draußen. „Sehr verdächtig."

„Was denn?", fragte ich.

„Na, sie benimmt sich so komisch."

„Stimmt. Aber die benimmt sich immer komisch, das ist nichts Neues", sagte ich. „Außerdem ist das ein total doofer Fall. Das kriegen wir nie raus. Es kann sein, dass hier jemand vorbeigekommen ist, der ganz woanders wohnt. Und den sehen wir vielleicht nie wieder!"

Da kam Konny wieder angeschlendert. „Na, was haben die Hundekacke-Detektive rausgefunden?", fragte er.

„Nichts", sagte ich. „Und wir hören auch auf damit."

„Vielleicht könnt ihr Superdetektive ja was anderes rausfinden", schlug Konny vor.

„Und was?"

„Zum Beispiel, wo mein Radiergummi ist", grinste er. Natürlich wusste er genau, dass ich mir den ausgeliehen habe.

„Das ist nicht besonders lustig", sagte ich ärgerlich.

Wir gingen ins Haus. Doch gerade, als wir die Treppe hochsteigen wollten, hörten wir komische Geräusche. Sie kamen aus dem Keller.

„He! Was war das?", fragte Noah.

Konny zuckte mit den Schultern. „Vielleicht holt sich der Wurstheimer ein Bier?", sagte er.

Wir standen vor der dunklen Kellertreppe.

Noah klappte seinen Detektiv-Kasten auf, holte die Taschen-lampe raus und leuchtete auf die Treppe.

„Mach doch einfach Licht", sagte Konny und knipste den Schalter an.

Vorsichtig stiegen wir die Treppe hinab und horchten. Leider war nichts mehr zu hören. Wir warteten eine Weile, dann gingen wir wieder hoch.

Gerade als wir alle wieder oben angekommen waren, hörten wir doch wieder was. Es war wie ein Kratzen und ein Pfeifen. Wie seltsam! Wir rannten wieder runter. Und es war wieder genauso: Die Geräusche verstummten.

„Das gibt es doch gar nicht!" Konny schüttelte den Kopf.

Als wir zum dritten Mal hoch- und wieder runtergegangen waren, sagte Konny: „Das ist doch zu blöd."

Noah klappte seinen Detektiv-Kasten wieder auf und schaute hinein. Bestimmt überlegte er, ob er etwas daraus benutzen konnte. Doch dann fiel ihm der Kasten aus der Hand und alles, was drin war, purzelte durch die Gegend. Es dauerte, bis wir die ganzen Sachen wieder eingesammelt hatten. Aber das war gut! Denn dann war es eine Weile still und so hörten wir, wie die Geräusche wieder anfingen. Wir standen ganz starr und trauten uns nicht, uns zu bewegen.

Ein Einbrecher? Ich kriegte Angst und schaute zur Kellertreppe. Wie schnell konnte ich die hochrennen, wenn der Einbrecher jetzt vielleicht gleich auf uns losging?

„Wo kommt das her?", fragte Noah und schaute sich um. Das Kellerlicht ging aus und wir standen in der Dunkelheit. Wie gruselig! Ich wollte nicht mehr hier unten bleiben. Aber ich getraute mich auch nicht zu sagen, dass ich Angst habe. Und ich fand den Lichtschalter nicht. Aber jetzt machte Noah doch seine Taschenlampe an.

Das komische Geräusch kam nicht aus den Lattenkellern. Da konnten wir nämlich reinschauen. Noah leuchtete dort in die Ecken, aber da war nichts.

Wir gingen weiter nach hinten. Leider fand ich es dort noch gruseliger! Aber wirklich war das Geräusch dort lauter und deutlicher zu hören. Ich kriegte Gänsehaut.

„Das ist ein Tier, glaube ich", flüsterte Konny. „Und es ist hinter dieser Tür dort."

„Mach mal auf", sagte Noah leise.

„Und wenn es gefährlich ist? Wenn es rausrennt?", flüsterte ich. „Lieber nicht aufmachen!"

Noah leuchtete in seinen Detektiv-Koffer. Er holte eine Plastiktüte raus, kniete sich hin und hielt die Tüte vor die Tür.

„Soll das Tier etwa in die Tüte rennen?", fragte Konny und tippte sich an die Stirn. „Da passt ja höchstens ein Meerschweinchen rein. Und das hier hinter der Tür könnte ein Tiger sein!"

„Ein Tiger?", rief ich. „Wieso Tiger? Wie kommt ein Tiger in unseren Keller?"

„Das ist doch kein Tiger", sagte Noah.

„Mir egal, ich mach jetzt auf", sagte Konny und drückte die Türklinke runter.

Hilfe! Ich presste mich ganz eng an die Wand. Vielleicht rannte das wilde Tier dann an mir vorbei und bemerkte mich gar nicht. Aber die ganze Aufregung war umsonst. Die Tür war nämlich abgeschlossen.

„Was ist da überhaupt für ein Raum?", wollte Noah wissen.

„Keine Ahnung." Konny zuckte mit den Schultern. „Wir können den Wurstheimer fragen."

Also gingen wir wieder den Gang entlang und auf die andere Seite des Kellers, wo der Wurstheimer wohnte, und klingelten.

„Was is'n?", nuschelte der Wurstheimer durch einen schmalen Spalt.

„Wir wollen Sie was fragen", sagte Noah. „Könnten Sie mal mitkommen?"

„Muss'as sein?"

„Ja, bitte. Aus dem Raum dort hinten kommen komische Geräusche."

Da hatte Noah das Richtige gesagt! Komische Geräusche im Haus konnte der Wurstheimer nämlich gar nicht leiden. Er machte die Tür zu und dann dauerte es ein bisschen, bis er rauskam. Er schlurfte mit uns den Gang entlang.

„Wo soll das sein?"

„Dort hinten", sagte Konny.

„Ich hör nix", sagte der Wurstheimer.

Tja. Wir hörten leider auch nichts mehr.

„Bitte warten Sie noch. Bestimmt kommt es gleich wieder", bat Noah ihn.

Wir standen da in der Stille im kalten, feuchten Keller und warteten. Es kam mir vor wie eine Ewigkeit. Und gerade, als ich dachte, jetzt geht der Wurstheimer gleich wieder, ging das Geräusch wieder los. Ich glaubte jetzt auch, dass es ein Tier war.

„Hm", brummelte der Wurstheimer. „Das kommt von da drin."

Toll. Das hatten wir auch schon gemerkt!

Der Wurstheimer drückte die Klinke runter. „Abgeschlossen."

Auch das hatten wir ja schon alleine rausgefunden!

„Was ist denn hinter der Türe?", fragte Noah.

„Das ist das Lager zum Laden."

„Dem Laden von Frau Munzke?"

„Hm-hm."

„Und können Sie aufschließen?", bat Konny.

„Darf ich nicht so einfach. Gehört ja ihr."

„Aber die Geräusche! Da ist doch was los! Sie müssen doch nachschauen, was das ist!", sagte Konny.

Wortlos schlurfte der Wurstheimer davon. Was war jetzt? Wir schauten uns ratlos an. Aber wenig später kam er mit einem dicken Schlüsselbund zurück.

Er zögerte. „Ich weiß nicht …"

„Es ist bestimmt wichtig", sagte Noah.

„Also gut." Der Wurstheimer steckte einen riesengroßen Schlüssel in die Tür und schloss auf. Noah leuchtete in den Raum. Zuerst sahen wir gar nichts, aber dann fiel der Schein seiner Taschenlampe tatsächlich auf ein Tier. Es winselte und drückte sich vor Angst in eine Ecke des dunklen Kellers.

Wir schauten genauer hin.

Und was sahen wir? Einen kleinen Hund! Er sah schrecklich traurig aus mit seinen großen Augen, wie er ängstlich zu uns hochschaute.

„Ohaa!", rief Konny. „Wie mies! Der Kleine ist hier eingesperrt!"

„Der Arme!", sagte ich und beugte mich zu dem Hund hinunter.

„Sieht so ähnlich aus wie der Hund von Frau Munzke."

„Aber viel dunkler."

„Das ist Dreck!", polterte der Wurstheimer. „Natürlich ist es der Hund von der Munzke! Der ist total schmutzig! Unerhört!"

„Was ist denn hier los? Was ist unerhört?" Mama kam zu uns und schaute mir über die Schulter.

„Haustiere sind verboten!", motzte der Wurstheimer. „Der Hund muss hier raus!"

Jetzt tat mir der kleine Hund noch mehr leid. Auch wenn es nicht schön für ihn war, hier eingesperrt zu sein, wollte ich doch nicht, dass der Wurstheimer ihn einfach wegschickt.

Als der Wurstheimer zu dem Kleinen hinging, fing der plötzlich an zu knurren. Da ärgerte sich der Wurstheimer und haute gegen einen Karton. „Der muss raus!", schrie er wieder.

„Stopp mal, stopp mal", sagte Mama. „Am besten holen wir Frau Munzke." Sie ging die Treppe hoch.

Ich blieb bei dem Hund sitzen und streichelte ihn. Bei mir knurrte er nicht. Konny, Noah und der Wurstheimer guckten zu. „Na, du kleines Schnuffelchen?", sagte ich. Der Hund leckte meine Hand ab.

Wenig später hörten wir Frau Munzke schimpfen. Sie und Mama kamen in den Keller.

„Was erlauben Sie sich?", schrie Frau Munzke. „Das ist mein Lagerraum! Kommen Sie sofort hier raus und schließen Sie wieder ab!"

Der kleine Hund legte seinen Kopf schief und wedelte ein bisschen mit dem Schwanz. Er dachte bestimmt, dass Frau Munzke ihn rausholte!

„Haustiere sind verboten", sagte der Wurstheimer laut.

„Das ist doch nur ein Keller!", schrie Frau Munzke. „Da stört der Hund doch niemanden!"

„Aber, Frau Munzke", sagte Mama. „Sie können doch nicht im Ernst ihren kleinen Hund hier in den kalten, schmutzigen dunklen Keller einsperren. Das ist Tierquälerei!"

„Das geht Sie gar nichts an!" Frau Munzke kratzte sich am Kopf.

Das sieht immer ein bisschen komisch aus, wenn sie sich kratzt. Dann gehen ihre kurzen, festgeklebten Haare ein bisschen auseinander. Am Schluss tätschelt sie sich auf die Frisur und dann gehen die Haare wieder zusammen.

„Tierquälerei geht jeden was an", sagte da Noah. „Hat unsere Lehrerin gesagt. Da darf man sogar die Polizei holen."

„Soll ich anrufen?", fragte Konny. „Da wählt man 110." Er wollte schon die Treppe hochgehen.

„Nein!", sagte Mama. „Wir finden bestimmt eine Lösung. Oder, Frau Munzke? Macht Ihnen das denn gar nichts, dass Ihr Hund hier unten so scheußlich leben muss?"

„Ich kann ihn nicht mit in den Laden nehmen", antwortete Frau Munzke. „Es haben sich Kunden beschwert. Das ist schlecht fürs Geschäft!"

„So geht es jedenfalls auch nicht", sagte Mama bestimmt. „Binden Sie ihn bitte los."

Frau Munzke machte die Hundeleine los und wir gingen alle hintereinander die Treppe hoch und zu ihr in den Laden.

„Dort saß er immer, hat niemandem was getan!" Frau Munzke zeigte auf das Kissen seitlich am Regal.

„Hm." Mama schaute sich um. „Könnte er nicht hier hinter dem Ladentisch sitzen? Da würde er gar nicht auffallen."

Frau Munzke runzelte die Stirn. Ich glaube, sie fand den Gedanken gar nicht so schlecht. Da hätte sie ja mal selber draufkommen können!

Sie legte das Hundekissen in eine Ecke auf den Boden. Der kleine schmutzige Hund kapierte sofort, was das heißen sollte, und legte sich drauf. Er rollte sich ein, machte aber nicht die Augen zu, sondern schaute zu uns hoch. Bestimmt spürte er, dass es um ihn ging.

„Wie heißt der Hund eigentlich?", fragte ich.

„Er heißt Attila", sagte Frau Munzke stolz.

Mama prustete los. Wir schauten sie verwundert an. Sie wedelte nur mit der Hand und ging hinaus. Vor Lachen liefen ihr Tränen übers Gesicht! (Später hat sie mir gesagt, dass Attila vor langer Zeit ein schlimmer und brutaler König war. Und der Name passt natürlich überhaupt nicht zu dem kleinen Kerl!)

„Frau Munzke", sagte Noah plötzlich.

„Was denn noch?", fuhr Frau Munzke ihn an.

„Es ist verboten, seinen Hund auf dem Gehweg Kacka machen zu lassen. Wussten Sie das?"

Das war ja schlau von Noah! Er hat nicht gefragt, ob ihr Hund das war, denn da hätte sie bestimmt Nein gesagt.

„Aber Hunde müssen nun mal ab und zu", sagte Frau Munzke. Noah ging zu einem Regal und zog etwas hervor. „Hier!", sagte er. „Das verkaufen Sie selbst! In diesen Plastikbeuteln muss man das Geschäft dann einsammeln."

Jetzt brummte Frau Munzke nur noch und drehte sich weg. Aber ich lächelte Noah an. Das hatte er gut gemacht.

Am Ende hatten wir also doch noch einen richtigen Fall gehabt. Wir hatten zwei verbotene Sachen entdeckt und dabei sogar noch einen kleinen Hund gerettet. Wenn ich dran denke, dass er da vielleicht sehr lange in dem dunklen Keller sitzen musste, wird mir ganz komisch.

Und ich habe mir vorgenommen, Frau Munzke was zu fragen.

Vielleicht erlaubt sie mir, dass ich den Hund manchmal ausführe? Dann hat er nicht so ein langweiliges Leben. Und mir macht das ja auch Spaß!

17. Nur noch ein paar kleine Sachen

Jetzt ist das Buch schon wieder voll. Ist das zu glauben? Noch hundert Geschichten will ich euch erzählen. Mindestens! Hundert lustige, schöne, traurige und verrückte Geschichten. Oder vielleicht noch mehr.

Jeden Tag passieren neue.

Aber hier passen sie nicht mehr rein, das seht ihr ja selbst. Da muss ich wieder ein neues Buch anfangen.

Ich freue mich, wenn ich euch noch mehr erzählen darf!

Und bevor ich aufhöre, erzähle ich nur noch ganz schnell ein paar kleine Sachen:

Der Wurstheimer hat sich doch über meinen Stern gefreut. Denn er hat ihn sogar an seine Tür gehängt. Ein bisschen komisch fand ich, dass er ihn erst nach Weihnachten aufgehängt hat. Da war schon fast Silvester.

Aber so ist der Wurstheimer eben.

Und auch ziemlich verspätet habe ich noch ein total süßes Geschenk bekommen. Als Frau Kepler mal ausging, kam Oma Kilgus zu uns herüber und hat mir ein kleines Päckchen überreicht, in eine Serviette eingepackt. Ich wickelte es aus

und es waren die beiden kleinen Plätzchen-Förmchen!
Da habe ich mich riesig gefreut.

Frau Munzke räumt jetzt immer brav die Häufchen von Attila weg. Und Attila selber schläft fast unsichtbar hinter dem Ladentisch. Er ist sehr brav. Wenn ich mir ein Heft kaufe oder so, dann steht er aber immer auf, schaut um die Ecke und wedelt mit dem Schwanz. Das heißt, er freut sich!
Ich habe mich noch nicht getraut, sie zu fragen, ob ich mit ihm mal spazieren gehen darf. Das mache ich aber bald. Vielleicht geht Ida mit.

Gestern hab ich Opa am Telefon vom Konzert bei den alten Leuten erzählt.
Es war nämlich so: Opa und Gisela haben mich nicht gesehen hinter dem Vorhang und sind dann gleich wieder gegangen, weil sie dachten, sie sind am falschen Ort.
Opa hat wahnsinnig gelacht. Das war so ansteckend, dass ich auch lachen musste und nicht mehr aufhören konnte. Ich bin ganz schwach geworden und sogar vom Stuhl gerutscht. Weil neben dem Stuhl mein offener Schulranzen stand, bin ich mit dem Popo da reingeplumpst. Und nicht mehr rausgekommen! Da saß ich nun, in meinem Ranzen, mit dem Telefon, und ich musste lachen und lachen und lachen.
Papa und Konny kamen irgendwann rein und haben mich

gerettet. Aber nicht gleich – Konny hat doch tatsächlich erst ein Foto von mir gemacht!

Wir sind immer noch nicht wieder in unser Geheimversteck zurückgegangen und haben nach unseren Sachen geschaut. Bestimmt sind sie verschimmelt oder Ameisen haben sie gefressen oder so.
Macht nichts. Ich freue mich schon, bis wir im Frühling wieder hingehen und dort spielen können! Und dann nehmen wir einfach wieder neue Sachen mit.

Und ich erzähle euch natürlich dann davon!
Bis bald!

Eure Malin

Goldpapier - Kette

Man schneidet Goldpapier in
Streifen.
Die Streifen sollen etwa 1-2 cm breit
und 5 cm lang sein.
(Es ist nicht so schlimm, wenn das
nicht genau stimmt!)
Einen Streifen zum Ring zusammenkleben.
Den nächsten Streifen durch den Ring
schieben und auch zusammenkleben.
Und so weiter, bis ihr kein Papier
mehr habt.
Oder müde vom Stuhl fallt.

Hihi! Viel Spaß!

Rezept für Butterplätzchen
UND Marmeladen-Doppeldecker
UND Zweifarben-Kekse
(von Oma Kilgus)

Teig: 500g Mehl, 350g Butter,
       150g Zucker, 1 Ei

Alles in eine Schüssel geben und
gut verkneten.

Butterplätzchen: Teig mit Mehl ausrollen und Figuren ausstechen. 10
Minuten bei 180 Grad backen.

Marmelade-Doppeldecker: Immer zwei
gleiche Plätzchen ausstechen und nach
dem Backen, wenn sie noch warm sind,
auf eines Marmelade streichen und
das andere draufsetzen. Mit Puder-
zucker bestreuen.

Zweifarben-Kekse: Verbliebenen Teig
in zwei Hälften teilen. Eine Hälfte
mit Kakao verkneten (etwa 1 bis 2
Löffel, wie man mag). Beide Hälften
ausrollen und aufeinander legen.
Vorsichtig zu einer Wurst einrollen und
dann in Scheiben schneiden. Auch 10
Minuten backen.